つれづれ草

つれづれ草

ジェラール・マセ

桑田光平訳

水声社

sentier de la critique

批評の小径

水声社

つまり、自覚を持たなくとも、考えることができる者はいるのだ。

——ラ・フォンテーヌ

I

「ああ！　お祈りをしたいのね！」

いや、祈りたいわけではなかった。ベルヴュー病院の待合室にいた私はただ読書がしたかったのだ。アメリカではどこでもそうだが、待合室ではテレビがつけっぱなしだった。誰もテレビなど見ておらず、唯一そこにいた女性すらテレビに背を向けて何かを食べていた。それなのに、退屈な光景ばかり映すその小窓を閉めようとすると、すぐに彼女はやめてくれと言った。彼女にしてみれば、テレビを消すのは、真冬に窓を開けようとするのと同じくらい突飛な行動だったようだ。そこで私は自分の本を見せた。それはジェーン・オースティンの小説で、この本のおかげで、不安を鎮め、ひとりの世界に浸ることができるのだ。本を見せると、彼女から返ってきたのがあの言葉だ。

「ああ！　お祈りをしたいのね！」この女性にとって知っている唯一の本がお祈りの本なのか、

それとも読書とは時代遅れの行為であり、古い宗教のように尊重しなくてはならないのか、私には分からない。

＊

読むことを学ぶ、それは私の人生の大いなる冒険だった。記憶に残る一つのはじまり。

＊

リニューアルしたパリのゲーテ・インスティテュートにはもう図書館はなく、代わりにインフォメーション・センターが置かれることになった。『フランクフルター・アルゲマイネ・ツァイトゥング』紙の特派員ジョセフ・ハニマンによれば、図書館員の尽力で蔵書三万五千冊のうち三分の一はそのままセンター内に所蔵されることになったが、十九世紀ドイツ文学（ヘルダーリン、ハイネなど）は最終的に倉庫に保管されることとなった。

ゲーテだけが倉庫行きをまぬがれることになった。おそらくゲーテがこの場所の守護聖人であり、彼の本が少なくとも聖遺物として展示される可能性があるからだろう。

私は覚えている。会話のさなか、ジャン・タルデューは失業者や年金生活者や学生にお金を払って、出版社にある誰にも読まれない本を読んでもらうことを夢想していた。

＊

症例を学んだ医学生が自分もその病気を罹っていると思い込むのと同様に、小説の読者のなかには自分を登場人物だと思い込むものがいる。

＊

作者の立場に身を置くことも読書のひとつのやり方だ。ウラジミール・ナボコフはコーネル大学で教鞭をとっていた時、学生たちにこの方法を勧めた。学生を良き読者にするために、ナボコフは年度末のいわば「結びの句《アンヴォワ》」でこう述べている。良き読者とは「作中人物になりきりたいというような子供じみた目的のためでも、生きる術を学びとりたいというような青二才めいた目的のためでも、また一般論にうつつをぬかす学者然とした目的のためでもなく」、人類が行った最良の事柄を心から知ることによって自分を越えた喜びを得るために読書をする者である。

傑作を心から理解することは、より先進的な態度であるばかりか、より自由な方法でもある。誰かの立場に身を置くことは、自分をその人だと思うこととは違うのだから。

*

危険な読書がある。『遥かなるセントラルパーク』を読んだ男が大陸横断マラソンを決意したことを知って、そのことをつくづく感じた。

アメリカ、オーストラリア、南米、アフリカを横断するだけでは飽き足らなかったこの男は、リタイヤすることなくパリ—東京間一九三〇〇キロを走破した。運動療法士である妻、足の治療医、現地ガイドを同行させながら彼は二百七十六日を費やした。そのあいだ平均十リットルの水を飲み、八千カロリーを消費した。

彼はこれらの数字とともにモチベーションについても説明している。彼が言うには、瑣末な事柄から身を離すことと世界記録を破ることは矛盾するとは思えないらしい。計画がいささか狂気じみたものではないかと問われ、この男は冗談抜きでこう答えた。「自分は地に足がついている」と。だがその後、「夜が明ける頃には地面に足がついていないようだった」とつけ加えることになる。

スピードと記録に夢中になったこの元銀行員は、登塔者シメオンのように、柱頭のうえで何年も過ごした狂信家の遠い生まれ変わりなのだ。しかし、不動の神秘主義者たちが神に近づこうとしたのに対して、彼は「精神面《メンタル》」に訴え、「限界をはねつける」ためという以外には、まったく意味もなく走るのだ。

神〔DIEU〕のためか無意味〔RIEN〕のためか。いずれにせよ、どちらも四文字であることには違いない。

＊

ジャン・エシュノーズの本〔『ラヴェル』と『走る』〕がなければ、ラヴェルとザトペック、『ボレロ』と一万メートル走とを関連づけることなどできなかっただろう。それにしても、いずれも同じ運動、眩暈をひきおこすようなロンド、加速する停止状態、どこにも至らない速度が問題となっている。室内のフィットネスバイクすら発明してしまった現代人の状況。

＊

日本では数世紀も前から、京都を一望する比叡山付近で、僧侶が一時間から七時間、行灯を片手に走っている。最初の年は百夜、二年目は二百夜、最終的には三万八千キロ以上を走ることになり、その後、九日間の断食断水・不眠不臥の行に入る。

スポーツの練習と同じくらい虚しい鍛錬だが、それでもいくらかはましだ。

*

アマゾンの森の中、川の支流に暮らすインディアンのピダハン族は数字を必要としない。彼らにとって量を説明するには「多」とその反対の「一」、あるいは「山積みの」という言葉で十分なのだ。

ヨーロッパの複数の新聞に転載された『サイエンス』誌の情報を信じるならば、彼らインディアンの生活はすべて、合理的無知ではないが、ある経済原理に従っている。彼らからすれば、(ため息と抑揚と共に)天地創造を語ったり人に話しかけたりするためには、七つの子音と三つの母音で十分なのだ。彼らはブラジル人と二世紀にわたって原始的な交易を行ってきたが、ポルトガル語はいくつかの文しか覚えることはなかった。彼らはわずかな稼ぎを得て、短い昼寝をし、一晩中おしゃべりを続けた。飢饉が始まり子供たちが犠牲になるおそれが生じてから、ようやく仕方なしに狩猟へと出かけるのだ。木の実と交換して手に入れた酒やタバコを嗜み、交易が上手くいったと思うときには、自分の妻や娘を差し出した。

五十年ほど前にはまだ、そのようなインディアン社会は人類の起源に近いものだと思われていた。だがいまや起源が終末に似ていることをわれわれは知っている。こうしたインディアンが想像力豊かな人類学者による虚構でないとしても（民族誌的な物語に溢れた世紀を経た現在では、ありがちなフィクションだといえる）、彼らの生活様式が、アマゾン川一帯に残る多くの社会のように、西欧人による発見以後、西欧文化を徐々に受容した結果として現在の形態になったということは十分にありうる。もっとも、ピダハン族は二百人もいない。

とはいえ、彼らは、自分たちが他の文化よりも優れた文化に属し、立派で堕落していないという感情を抱いている点で、私たち（人類全体）と近いのだ。こうした彼らの感情は、ポルトガル語を学んでブラジル人たちと頻繁に交流している近隣部族への深い軽蔑にあらわれている。

世界中いたるところで、下等な人間は対岸の出身だと考えられているが、どの川であっても横断して往き来できる。

＊

早すぎた死のため書かれることのなかった本のなかで、ロジェ・カイヨワが展開しようとした矛盾する考えの中からひとつ。「かつて世界は汚れなく純粋であったため、人は三十歳で寿命を迎えていた。」

古代エジプトでは「十五歳までの死亡率は極めて高く、そこから十歳ごとに生存者の半数が死亡していた。現存する文献には熱病（おそらくマラリア）についての言及があるが、ミイラから分かるのは、エジプト人が結核、がん、住血吸虫症、関節炎、さらには、おそらく天然痘に罹患していたであろうということ、そして、少なくとも我々の手元に残された材料から考えるなら、ハンセン病や梅毒にはかかっていなかったということである」（ジョン・イリフ『アフリカ人、ある大陸の歴史』）。

＊

閉館日のルーヴル美術館を訪れる機会に恵まれると、不安と喜びを胸に巨大な墓を歩き回っているような、あるいは、自分だけが生き残った死んだ都市を歩いているような気持ちになる。しかし、実際には、人類の復活に備え——翌日には必ず復活するのだが——清掃員や電気技師たちが手入れをしているのだ。

美術館は冥土《リンボ》でもなければ、彩色された亡霊の王国でもない。死者が痩せ細った裸体でいる彼岸とは異なり、肖像画におさめられた故人たちはなお自らの存在理由や権威を示す衣服、装身具、紋章を身につけている。フォンテーヌブロー派の絵にすでに見られるような、繊細なエロティシズムと美的な完成度を兼ね備えたものに対する感受性さえあれば、妖精や女神の裸体やアングル氏が描く冷たい美にすら魅力があるのがわかる。

そう書いていると、緞帳が上がった。重々しい赤色の幕が紐で留められ、楽屋とボックス席を背景に上半身をあらわにした二人の女性が姿を表す。まるで夢の情景のようで、二人とも自分がふしだらであるという自覚はなく、私たちの方を向いても視線が合うことはない。私たちの視線を引くのは一方の女性の身振りだ。左手の親指と人差し指で輪をつくって姉の乳房をつまんでいる。まるで指輪についた宝石のようだ。しかし、視覚的な韻律のように、もう一方の姉のほうも、パールグレーの布が掛かったボックス席のやや上に手をかざし指輪を指でつまんで持っている。絵画全体（おそらくガブリエル・デストレとその妹を描いたもの。ガブリエルは私生児を産んだばかりで、その子の父親は国王である）を見れば、部屋の奥の暗がりで乳母が子供の衣類を準備しているのが分かる。さらに暖炉の上には絵画がかけられているが、下の部分しか見えていない。そこに描かれているのは、両足のあいだに布がふわりとかかった奇妙なイメージで、あれこれと自由に想像をめぐらせることができる。

おそらくフランス・プルビュス（息子）の作品だろう。この大胆な絵画の魅力（と成功）のほとんどは、すべてを露わにしていない裸体という、今日の鑑賞者が謎に感じる部分に由来する。おそらく当時から謎の意味を完全に読み解くことはできなかったのだろう。いやむしろ、詩人が身体を詩《ブラゾン》によって讃えることで快楽に関わる部分を描いていた十六世紀末という時代では、その謎の意味は過剰に読み取られていたのだろう〔ブラゾンは十六世紀フランスの詩のジャンル〕。模倣《パスティッシュ》の喜びと古い様式の単なる複製になる危険とのはざまで、私もまた次のような詩《ブラゾン》を書いてみたくなった。

ボックス席に立ち妹に乳房をいじられているあの女は
オイルかミルクかワインの風呂につかっている産婦なのか
妹の指は、かつて王のベッドの中でバラのボタンだった
さくらんぼか木苺をぎゅっとつまんでいる。

「彼女は受胎告知を受けた女性だ、その指で指輪をつまむ様子は、王の男根に通された輪を思い起こさせる。」

二世紀半の後、ある国王がその絵を淫らだとしてヴェールを被せた。その王の名はルイ＝フィリップ。半ば見捨てられたその絵画は、当時イエルサレム通りにあった警視庁内の扉の上に飾ら

れることになった。数年の時が流れ、絵の掃除のため、あの二人の女性——そのうちの一人はオレンジを食べて亡くなった——の乳房の部分にはたきをかけようとした時、絵がなくなってしまっていることが判明した。王の命令でかけられた布の下には、ただからっぽになった額縁と、民衆の道徳を守るべし、という警視総監の言葉だけが残されていた。

この絵は一八九一年、オセールでの競売で再び発見された。購入者はピション男爵だった。この絵がルーヴル美術館に収められたのは一九三七年になってからのことにすぎないが、ガブリエル・デストレとその妹はまるで昔からそこが自分の居場所であるかのような雰囲気を醸し出している。

*

レヴィ゠ストロースは、近年書かれた《オランピア》に関する注釈《ノート》（二〇〇六年の終わりにプレイヤード叢書に収められた）のなかで、いつものようにさまざまな差異や類似を熱心に探し、少なくとも限られた時空間内で一つの秩序を作り出しているように思える対称《シンメトリー》関係を求めながら、マネの絵とベラスケスの《ラス・メニーナス》との対比を行い、次のように総括している。「《オランピア》の場合にはタブローは見えるが画家は見えない。《ラス・メニーナス》の場合には画家は見えるが、タブローは見えない。しかし、いずれも両方がそこに存在している。」

レヴィ＝ストロースによれば、《オランピア》では、まっすぐにこちらを見ている猫が画家マネの存在を証明しているのだという。その猫は、よそ者の姿をとらえて、全身の毛を逆立てているのだ。つまり、猫はこの絵の正面にいるはずの画家と目が合っていることになる。

もちろんレヴィ＝ストロースは、あくまでこの絵の主題はオランピアの裸体であって、猫はそれに付随するひとつの謎であることを忘れてはいないのだが、疑問符のような形に尾っぽを起こし、体の毛を逆立てた動物にこだわり続けたのだった。

彼は次のように注釈を続けている。「多くの言葉が費やされてきた、モデルの首に巻かれた黒いリボンに、第三の謎を見たくなるかもしれない。一見すると、理由もなくマネが上半身に何か黒いものを付け加えたのは、身体の下の部分で消し去った何か黒いもの、少なくとも色の濃いものに代えるためではなかったのか。裸婦を描いた彼以前の画家たちがしたように、さりげなく恥毛を隠すだけでは満足しなかったのではないだろうか。強くおしつけられた女の左の手は、恥部を隠すと同時にそれを指示し、色濃い恥毛はリボンの色に現れ、リボンはほとんど比喩的な関係のなかで恥毛を二重に（上部で付加され、下部で除かれて）逆転したものとなっている。こうして、それ自身も黒い猫が、絵を描いている画家を、見えないにもかかわらずそこに存在させるように、恥毛は不在でありながらそこに存在させられる。」

黒猫は画家の存在を示しているのではなく、日常的な言葉遣いの中での転用が示すように、リボンよりもむしろ女性の陰毛を意味しうる。構造の問題に取りつかれていたレヴィ＝ストロースがそのことに気づかなかったのは奇妙なことだ。「もしこの黒猫が雌ならば？」、不思議なことだが、謎を求めるハンターにはこの単純な疑問が——とはいえ、答えはすでにでているのだが——浮かばなかったということだ。

＊

絵画を解釈する時のディドロは、てきぱきと手仕事をする者のように、機敏に知性を働かせる。その一例。グルーズが、飼っている鳥の亡骸を前に涙を流す少女を描いたとき、ディドロは大胆にも、もう生きかえることのない鳥のなかに、少女が処女を失ったことを見た。そしてこうも加えた。「彼女の悲しみの原因となれるならば、なかなか悪くはない。」

＊

女友達が教えてくれた。あらゆる対象が象徴的な価値を持っているルネサンスの絵画において、牡蠣は女性器を表象しているわけではないにせよ、連想させる。

シャルダンの場合もそうなのだろうか。欲望に駆られて毛を逆立てて奮い立つ猫が見ているなか、少し血のにじんだエイの横に置かれている絵では、牡蠣は女性器を連想させるかもしれない。

察しのいいフランシス・ポンジュは、私が昔から暗唱できるほど記憶している文書、世界の起源へとわれわれを送り返す文書のなかで、牡蠣を女性の陰部、解剖学的身体のもっとも内奥の部分に擬えている。「真珠母の（字義通りに言えば）蒼穹の下、上の空が下の空へと垂れ下がってただひとつの沼を作り、ぬるぬるした緑っぽい小袋のようなその沼は、へりを黒っぽいレースで縁取られ、匂いも見た目も潮のように満ち引きしている。」

一見すればごく個人的な創作、きわめて特殊な隠喩であるが、かつてコード化されていた語彙がここで再び使用されているのだ。つまり、歴史家風に言えば、たとえ想像力による連想が長い持続性をもつとしても、それでも想像力は限りないものではないということだ。

＊

私に関して言えば、夢の中で貝《コキーユ》が現れると〔＝綴りの間違い《コキーユ》をすると〕、たちまち魚介類〔＝海の果物《フリュイ・ド・メール》〕は母の果物〔海と母は同じ発音だが綴りが違う〕になり、牡蠣に対するためらいが近親相姦のタブーに関係していると理解できたので、不快感なく牡蠣を食べられるようになった。

＊

ヴィーナスは海から生まれ、その海を貝殻に乗って渡った。古代からルネサンスにいたるまで、画家たちはこの光景を、あたかも海辺にいるかのような仕方で描いてきた。手だけで裸体を隠した女神がもっとも簡素な乗り物に乗ってやってきたのを目撃したかのように。貝殻は、私たちをうっとりさせるあの肉の芽（＝クリトリス）がなくとも、やはり世界の起源なのだ。クールベの絵ほどリアリズム的ではないが、同じくらい雄弁な仕方で世界の起源を示している。

プルースト以後、見出された時の味わいをもつようになったマドレーヌ菓子は貝殻の形をしている。『失われた時を求めて』の語り手は、それを「サン＝ジャック貝（＝ホタテ貝）の溝のついた貝殻」に型取りされた「ずんぐりした」菓子という風に描写しているのだから、この貝殻の形の由来と、それが何を表しているのかは忘れてはいないのだ。それゆえ、マドレーヌ菓子の見た目は、それを浸した飲み物と同じくらい重要な役割を果たしているのだと考えられる。

＊

一昨日、ピエロの上着（正確にはピエロのピポの上着）を目にしたが、その安っぽさは相変わらず私を魅了した。真珠のようなビニール素材で、金銀の光沢を放っていたために、不思議な錯覚を覚えるほどの安っぽさだった。けばけばしいその上着は王の上着のように壮麗ではないが、それでも、あらゆる舞台衣装と同様、芸術家のみすぼらしい身体を飾り立て、その骨ばった痩身を包みこんでくれる。そのおかげで芸術家は別の人生を、不老不死か、あるいはそのように振る舞う人物の人生を生きられる。というのも、多くの人がそのような人物を演じてきたからだ。衣服は遺品や蛹《さなぎ》に似ている。タンスの中に眠る遺品、芝居の舞台・サーカスの円形舞台の上の蛹のようだ。肩当て、レース、着物の袖は、星《スター》をめざして飛び立ちたい裸の幼虫のように感じている役者に翼を与えてくれる。

マリヴォーはそのことを良く理解していた。というのも、マリヴァー宅のタンスには、遺品のように収集していた数多くの衣服が眠っていたことが彼の死後分かったからだ。しかし舞台衣装はコレクションというよりもレパートリーであり、ただ賑やかであることだけが求められていた。

青ひげ〔シャルル・ペローの童話に出てくる〕の衣装部屋はこれとは異なり、頭から離れないような人間の体でいっぱいだった。それらはもはや生き返ることのない遺体だった。死体が衣装になってしまったのであり、ただ倒錯的な享楽のためだけに、血のついた金の鍵で開く秘密の場所に、保管しなくてはならなかったのだ。

*

王政の重苦しさは、王の上着、宝石をちりばめた王冠、王が持つ笏、王の歩行を妨げるほどの、あるいは、助けがなければ座れないほどの装飾品、そういったものの重さで計られる。

ハンピにある、インド最後の非イスラム王国の遺跡では、かつて定期的に王の体重が計られていた。天秤の二つの秤を吊るしていたかつての支柱は今日でも残っている。計量の時にはいつも、王が前よりも少し重くなっているよう皆は望んでいた。というのも、王の体重と同じだけの宝石が秤にかけられ、それから民に分け与えられたからだ。

それとは反対に、芭蕉が一六八九年、北部を訪れて世界の果てを見ようと（当時の日本ではその二つは同じことだった）旅立ったとき、彼は衣服だけを、正確に言えば、寒い夜をやり過ごすための紙の半合羽だけをその背負って歩くことを望んだ。出発から二日目にはすでに、必要だと思ったものの、すぐに重く感じられた事物で荷が重くなったことを後悔した。例えば、蓑、木綿の浴衣、そして筆入れ、墨、筆といった筆記用具ですらそうだった。わずかな悪意とともに芭蕉はこう述べている。「あるはさりがたき餞《はなむけ》などしたるは、さすがに打捨がたく（断りがたい餞別をしてくれたので、そうは言っても捨てられない）」。」

＊

幼年時代の不幸は誇張して覚えているものだが、その中でも、聖体拝領はかなり深刻なものだった。というのも、まず自分がこのもったいぶった儀式を信用していなかったからなのだが、遠い親戚が貸してくれた服が寸法を直さなくてはならないほどサイズが合っておらず屈辱に感じたからでもある。

その衣服以上に、私自身が、自分のことを借り物のように感じてしまった。あるいは、家族がまやかしの権力に対して私を差し出したのだと感じられた。滑稽な晴れ着を着せられた私は、その時、密かに審美家の人生を送ることを決めたのだった。

*

税官吏《ドゥアニエ》ルソー〔画家アンリ・ルソーの渾名〕とともに、民衆は自らの世界観や美学を主張できるようになった。その結果、素朴に見える世界に対する、芸術の専門家、立派な紳士、気位の高い人々の驚き、嘲笑、慇懃な態度が生まれることになった。こうした人々の驚きは、黒人芸術や、万国博覧会で紹介された野蛮人たちに対する驚きと同種のものだ。

ドゥアニエの世界（想像世界と現実世界をぼんやりと分ける境界以外には、いかなる境界も認められないような世界）は、都市と近郊（郊外、入市税関、工場、城壁跡）、そして夢想の対象である遠方でできた世界である。遠方とは残酷な楽園であり、そこに描かれた女と猫たちは肉欲への誘惑をあらわしている。ドゥアニエの世界は見るものを不安にさせたかと思うと、今度はうっとりさせる。それは多くの場合、ブルジョワジーの余暇、彼らの豪奢な内装や田舎での週末、きちんと髪をといてピアノを習っているブルジョワの子供たちを描いて満足していた印象派の世界よりもはるかに広大で、新しく、見るものを混乱させる。

独学者であるドゥアニエ・ルソーには見ることこそが教育であった。芸術家の感受性をもって自然を観察し、目にするものにはいかなる序列もつけず、高尚な絵画、ルネサンスのタピスリー、日刊紙の挿画、色つきの絵葉書、辞書に掲載されたイラストから等しく着想を得ていた。鉄床《かなとこ》や飛行船のかたちをした雲で埋まった空を見る彼の目には、世界は異国の切手と同じくらい色鮮やかなものに映ったのだった。だが、下層の人々の目には世界のすべてが異国のように感じられたのだ。見知らぬ国や上流の人々、普段仕事をしている森とはまったく違う散歩をする森、カルマニョール〔フランス革命時に市民たちの間で流行した歌と踊り。南フランスでイタリア人労働者が着ていたジャケットの名前に由来する〕を舞う記念祭、フランス共和国を賞賛する異国の使節団、彫像のごとく硬くなった匿名の人々が参加する公式祭典、そして、青みがかった光で、セーヌ河からサハラ沙漠まで、夜の風景をあたり一面照らす満月。

ドゥアニエはランボーと同じいかがわしい嗜好の持ち主だった。彼はランボーが公言したことを、あたかもそれを読み、分かっていたかのように実行した。「ずっと以前から私は、可能な風景をことごとく手中に収めていると自負しており、また絵画や現代詩の大家らも取るに足らぬと思っていた。私が愛したものは、愚にもつかぬ絵、扉の上部に刻んだ装飾、芝居の書割、縁日に掲げられる垂幕、店先の看板、通俗的な彩色挿絵だった。あるいはまた、流行遅れの文学、教会のラテン語、綴りもあやふやな艶本、祖母たちが好んだ小説、妖精物語、児童向きの小型本、古めかしいオペラ、ばかばかしい反復句《ルフラン》、そして素朴なリズムの詩歌などだった。私は夢みていた、十字軍の遠征を、報告書も残らぬ探検旅行を、歴史のない共和国を、もみ消された宗教戦争を、習俗の革命を、民族と大陸の移動を。私は魔法の力のすべてを信じていたのだ……」

ドゥアニエ・ルソーの作品は、芸術家たちを先導する〈自由の女神〉のごとく、国旗を描くことで、あるいは共和国が求める寓意《アレゴリー》を用いることで共和国を神聖化している。同時代の庶民のように頭のなかでワルツが流れていたが、ルソーは作曲し誰よりもヴァイオリンを弾いた。彼はプレザンス地区にあるパン屋の室内装飾を手がけ、隣人たちに音楽や絵画について講義をし、アトリエでアポリネールがモデルをしたときには、シンタクスもいい加減な拙い詩句を熱心に詠じた。それは女性の肖像写真の裏面に書き写したような詩句だった。

小さな写真に写る
マダム・イザールの姿
新婚の時のものだろう
陽気な夫から渡された日傘と共に

ドゥアニエ・ルソーは周囲の人々や知り合いに、いわば爵位を贈ったのだ。そうして、フリュマンス・ビッシュとジュニエル神父〔いずれもルソーの肖像画のモデルとなった〕は絵画のパンテオンに祀られた神々や英雄の仲間入りを果たすことになった。しかし、ルソーはまた彼らに色彩豊かな巨大なジャングルの夢を贈ったのだった。そこでは、巨大な花々が、いたずら好きの猿や、獰猛な獣、高級娼婦のような姿勢で眠る女をかくまっている。その女は夢を見ているのか、それとも、夢見られているのは彼女のほうなのか。そこにはまた、悩ましい女蛇使いや、フルートで夕べのラーガを奏でる黒人のイヴまでいて、世界の創造と衰退を同時に歌っているようにも思える。とにもかくにも、それは純真《イノセンス》を失った創造であり、あらゆる戦死者が流した血をたっぷり飲み込んだ真っ赤な太陽の光に照らされている。

ドゥアニエ・ルソーはメキシコ戦争に従軍したという噂を放っておいた。というのも大げさな話も、謎めいたオーラも彼は厭わなかったからだ。しかし実際に彼が描いたのは、とても穏やかな平原の中、大砲の後ろで休憩している砲兵だった。自分が作った甘美な歌の中に浸ったヴェルレーヌのように、ルソーは「勝利のない平和」を夢見ていたからだ。素朴だと思われていた人間は愚か者とはほど遠く、歴史の終わりを告げる者とは異なる。ルソーは戦争に対する不快感を絵に表した。箒に乗った魔女のように、狂った馬に乗って死屍累々を飛びこえる髪を逆立てて怒る女がそうだ。この寓意画は絵として描かれたのちに、アルフレッド・ジャリの要請でリトグラフにされた。ピカソがゲルニカの大虐殺を題材として取り上げようと思ったとき、彼の頭には間違いなくルソーのこの作品があったはずだ。

ルソーの墓に碑文としてアポリネールの詩を刻んだのはブランクーシで、二人とも画家の友人だった。しかしドゥアニエは自分で別の墓を準備していた。辞書の中の哲学者ルソーの項目が書かれたページに、金色に塗った菊の花びらを挟んで乾燥させておいたのだ。

＊

轍のない街を訪れたい
まだ車輪も発明されていない街を。
風は穏やかで親切だから
そこでの移動は熱気球
上空から孔雀たちの集落を眺めるんだ。

渡し守のテンポに従う音楽家の動作のように
人も宇宙もとてもゆっくりとした動作であるような街
文法家、立法者がまっすぐに進もうとしていたのに
農民が円を描きながらその街をかたち作ったからだ。

轍のない街を訪れたい

まだ車輪も発明されていない街を。
風は穏やかで親切だから
そこでの移動は熱気球
上空から眺めるんだ、孔雀たちの集落を

大女たちが生息するジャングルの端で
逆光の中、踊る黒人のイヴを。
黒人のイヴは夕べのラーガをフルートで奏でながら
蛇たちを魔法にかけている。

*

木こりになる前、牛飼いだった母方の祖父は、市門の税関を毎日通って、パリまで藁を運んでいた。当時はまだパリにも馬がいたし、農園すらあった。

一九一四年から一八年の戦争に参加し、戻ってきた時には耳が聞こえなくなっていた。その時の彼の話は私にとっての『イリアス』だった。カードゲームやドミノをした後、キッチンの照明の下で同じ話を何度も聞いたが、私を飽きさせることはなかった。塹壕は死者の世界に通じていた。死者たちの姿を目に浮かべるには、周りの人間を若返らせるか、慰霊碑に刻まれた名から戦争の犠牲者たちを蘇らせればよかった。際限なく広がる平野にたちこめる決して晴れない霧の中に埋もれたままの死者もいたが、彼らのピッケルハウベ〔頭頂部に角のついた戦闘用ヘルメット〕がいくらか霧の中に見えているにすぎなかった。語られたのは、泥と寒さと負傷と不服従の話であり、あっけにとられた私の頭の中に歴史の風が吹きこまれた。四年間続いた冬の冷たい風が。

青年になった私は祖父が語ったエピソードを学校のノートに書きとめようとした。しかし、数ページ書いたところでやめた。本質的なものがそこには欠けていたからだ。声の抑揚、言葉の区切りかた、口調、それらが誠実さを示すアクセントと混ざり合っていた——一言でいえば、それは文学を反響室に変えてしまう声だ。耳の不自由な者の声は、こうした秘儀の伝授に適している。心の声を世界のざわめきに合わせることができるからだ。

*

ヘルマン・ブロッホにとって、神話への回帰と簡潔さは、音楽で「晩年様式」と呼ばれるものの文学における等価物だ。

同じ問題に取り組んだ谷崎は神話への回帰については何も語らなかったが、日本の作家が当然たどるべき会話文や描写から始まる道筋を経た後に、簡潔な文章にも言及している。会話文や描写の慣習的な特徴はやがて「物語」の簡潔さに、その後、「随筆」――別の言い方をすれば「筆に任せて書いてみること」――の抑制にとって代わられることになる。「随筆」は、しなやかさも優雅さも排除することなく、表現するのではなく想起させ、論証することを避けるのだ。

私はおそらく終わりから始めたのだろう。しかし、昔から（そうとは知らずに）「随筆」という日本のジャンルを実践しているような気がする。会話文や描写はただちに飛ばして。

＊

「小説を書くためには、少なくともトルストイの大地、あるいは、ドストエフスキーのような流刑の経験が必要なのだ。」このマンデリシュタームの思想は、妻ナジェージダの次の考察と対をなす。「Mは中編も、物語も、研究書も、小説も書かず、散文か韻文を書いたのでした。」

＊

『捕虜生活史』の中で、ピエール・ガスカールは想像上のフランス人捕虜たちの宴会について語っている。バラックでの彼らは何ひとつ持っていないのに料理のレシピを交換しあい、異国の捕虜仲間たちは、はるか遠方の部族の理解できない習慣を見たように仰天していた。

「捕虜たちは、そのまま口にできる食材であっても、フランスの食材なら調理したいという抗いがたい欲求を感じていた［……］。何ひとつ、一片のパンすら持ち合わせていない彼らは、料理のレシピを言い合うことに何時間もの時間を費やした。そのレシピたるや、しばしば常軌を逸したものだった。というのも、この男たちのほとんどが鍋に触ったことすらなく、妻や母が作ってくれていた料理を頭のなかで再現できると思い込んでいたため、純粋な創作物が出来上がってしまったからだ。

ある者は卵の茹で方すら知らないのにパティシエの巨匠になり、見事な説明によって仲間たちの心をとらえた。捕虜たちの心は極端なものを好むようになっていた。その男は即興で下準備のため食材を挙げていったが、それらの食材は滋養豊かで、美味で、手に入らないものだった。パンタグリュエルの夢想のように、バター、卵、砂糖、クリーム、小麦粉、チョコレート、ジャムが積み重ねられ、混ぜ合わされ（だが、どうやって）、泡立って、大きくなり、膨らむ。聞いている者たちは片時も退屈することはない。」

しかし、この文章の結末はしぼんだスフレのようだ。「食料が届いても、囚人たちはレシピを使って実際に料理することは控える。料理と詩を混同することなどありえないのだから。」

驚くべきことに、クリスチャン・ピノーはブーヘンヴァルト収容所で同様のことが起こっていたと語っている。フランス人たちは、蕪《かぶ》のスープにうんざりすると、同じことを行なったのだ

（間違いなくそれはフランスという国の特徴とすら言えよう）。レシピのやりとりをしては値段交渉が延々と続き、野菜の皮が浮かぶ桶の周りで口論が起こる。結婚式や宴会の話が持ち出され、戦争が終わった時のために、ブイヤベースやフランソワ一世風のカマカワス料理のレシピをメモした。そうすることで、もっとも贅沢な夢想を育んだのだった。

「丸々太らされた鶏を二羽準備する。それを仔牛の足、少量の人参、スパイス、エストラゴンの枝とともに十二時間、弱火でコトコトとソース状になるまで煮込むんだ」

感嘆の声があがる！

「このスープを漉して、そこにコップ一杯のポルト酒、コップ一杯の古い良質なシャンパン、ごく少量のウィスキーを加える。それを湯煎で煮詰める」

皆ペンを走らせる。こんな勉強の機会を台無しにするものはいない。

「その間に、とれたての約一・五キロのカワカマスを風味付きの白ワインのクール＝ブイヨンで煮ておくんだ。アリゴテのブルゴーニュワインがいい」

「ミュスカデはどうだ？」ナント出身のレデがおそるおそる尋ねる。

「お望みならミュスカデでも。ワインは辛口で、少し香りがなくてはならない。カワカマスの水気を切って、銀の皿の上にのせる。それから魚全体にかかるように、ゆっくりソースをかけるんだ。それからソースが固まるまで冷ます。飾りに赤いバラを少々。あとはこの素晴らしい料理をテーブルに運ぶだけさ」
「ソースを漉したあと、鶏はどうするんだ？」食材を何も無駄にしたくないミミルが尋ねる。
部屋がざわめいたのでミミルは理解した、皆相当な美食家になってしまったので、あまりに実利的であることは悪趣味なのだと。

残りの六百ページは明らかにこれほど愉快なものではない。しかし、二部構成の証言（対独レジスタンスとブーヘンヴァルト）のいずれもが正直で、明晰で、勇気ある人間の証言となっており、同書は暗い戦争の時代を想起するときに必ず引き合いに出される本のひとつに数えられる。というのも、月並みかあるいは尊大だと思われてしまうかもしれないが、『ありのままの真実』というタイトルは、嘘偽りが決してないことを示しているからだ。

*

コルク張りの部屋に自ら進んで閉じこもり、もはやほとんど何も口にすることはなかった隠者は（ただし、夜に何度かシタビラメや冷えたビールをホテル・リッツから持ってこさせた）、言葉をソースの成分のように混ぜ合わせたり、とろみをつけたり、あるいは、生地のように膨らませたり、自分の本のなかのいくつかの文章で正真正銘の大きなデコレーションケーキを作れるほどの才能の持ち主だったので、豪華な食事について描写すると、言葉だけで読者に食べたいと思わせた。『失われた時を求めて』の読者ならば、牛肉の煮込みや、喘息の発作を引き起こすアスパラガスのことは覚えているはずだ。作者はまるで自分自身の呼吸困難の問題に性的な原因があることを暗示したかったかのようだ。だが今日、マドレーヌ菓子の存在とそれが果たす役割を知るために、また、魔法の飲み物に浸すとたくさんの思い出が同時に蘇るというその効力を知るために、プルーストの傑作を読む必要はない。

それゆえ、三千ページにも及ぶ『失われた時を求めて』においてワインがほとんど登場しないことには驚きを禁じ得ない。ワイン話というのはいつも多かれ少なかれ説得力があり、しばしば華麗な連想、隠喩、換喩、類似の連続であるだけに、それが登場しないことには驚かされる。若さや古さを喚起するために、皮革や焦げた香りではなく、赤い果実から猟肉までが引き合いに出される。白ワインに関しては、その芳香《ブーケ》を語るのに、スミレや西洋サンザシをはじめあらゆる植物相《フロラ》が引き合いに出されるが、柑橘類も引けを取っていない。南国の果物は、一般家庭のテーブルを飾り、市場の売り台にあふれるようになって以後、白ワインを語る際に用いられている。ワインを語る際に用いられる語彙は変わりやすいが、同時に体系化されており、誰もがレトリックやイメージを共有していた昔の詩や、定着しつつあるニュアンスを伴ったあらゆる言い回しのようだ。汲み尽くせない貯蔵庫というわけではないが、ワインの言葉の資源はとても豊かであり、プルーストは容易にその資源を利用していたのだろう。だからプルーストのことを考えると、私は孔雀の尾羽のごとく開花するワインのことを思い浮かべる——彼がこの表現を知っていたかどうかは定かではないが。

もし私の記憶力が正しければ、『失われた時を求めて』でのワインへの言及は、語り手がサン＝ルーのもとを訪れ士官食堂で食事をともにした時の、ソーテルヌについての記述だけである。さらに言えば、味についてのコメントはなく単に名前が言及されているに過ぎないが、それでも、落日のような黄金の輝きをもつ液体や、まだ暑さの残る秋の光と湿気のなか、房に繁茂するカビのおかげで貴腐化した葡萄が、プルーストの筆をさらに進めさせたかもしれないことは想像に難くない。とくに、葡萄の種が熟成するという極めて特殊な過程を表す貴腐という表現を思うならなおさらだ。

*

医学の進歩なのか。今日であれば、『失われた時を求めて』の作者が、その血肉をすべて傑作の中に注いだために、身体が空っぽになり、小さな紙片の中で静かに息をひきとっていくのを見過ごすことはないだろう。きっと、点滴を注入して栄養を与えるにちがいない。

＊

ある公爵夫人が王に献上するため地下室に二百もの貴重な酒樽を貯蔵している。ドーノワ夫人は自分が書いた物語のなかでそう語っている。高価なワインとして公爵夫人が語ったのはエルミタージュとリヴザルト、それから金液のようなシャンパンだった。ペローの寓話集《コント》に出てくるヒロインよりも俗っぽい公爵夫人は、こうした祝宴のワインをピストール金貨、ルイ金貨、真珠、ダイヤモンドに変えてしまう。そうすることで、酩酊は魔法と同じ力を持つことをはっきりと示すのだ。ただし、その魔法とは私欲に導かれたもので、ガラスの靴よりも金庫のダイヤルに近いのだが。

ペローの昔話と同じ一六九七年に刊行されたドーノワ夫人の寓話集《コント》は、ペローのものよりも冗長で、詩的でなく、民衆の素朴な希望よりもブルジョワの私利私欲にまみれた夢に近い。

＊

ドラクロワは『日記』のなかで、ジャムのレシピを書き写していた。

また彼は、食べ物が精神におよぼす影響、良い食事が麻薬のごとく人をいつもとは違う状態にし、インスピレーションを得やすくしてくれることに驚いていた。

それはちょうど、バルザックが『近代興奮剤考』（ワイン、タバコ、砂糖、チョコレート、コーヒー）を書いたのと同時代だった。バルザックはそこで身体の変容や、身体が精神とどのような関係をもつかについて、神学的ではない仕方で懸念を示したのだった。もっとも、彼は単なるピューリタニズムか、より端的に死への恐怖でしかない近代の健康崇拝の態度を示すどころか、そうした刺激物の効果を絶賛し、過剰なものの利点をほのめかしているのだが。

＊

「シャンパンが現れてその食卓の面よごしになることは稀だった。」

ボードレールの『ラ・ファンファルロ』からの一文を私は好んで引き合いに出す。というのも、太陽も記憶ももたない飲み物に関して、主人公のサミュエル・クラメールにわずかに共感できるからだ。シャンパンの泡は宮殿を刺激しながら消えていくが、味の平板さを隠すことはできない。彼と同様、私もまた冬の風、夕立、春の霧や霜の記憶をとどめているワインのほうが好きだ。グラスの底に産地と季節の芳香を優雅に残すワインのほうが。

もっとも有名で香りも強いボルドーよりも、ボードレールはやや重厚なブルゴーニュ、スペイン産やギリシャ産のワインを好んだ。つまり、「飲むべきものと同じ位に食べるべきものがある」ワインを。彼はトリュフを隠然たる不可思議な植物とみなし好んでいた。なぜなら、トリュフは自然の異常、「風味ある病」であると同時に、黄金がパラケルススの学を蔑《なみ》するのにも似て、農学など寄せつけもしないからだ。ボードレールの味の好みは人類学や歴史に属するものであり、政治に行き着くものだと言えよう。彼にとっての政治はつねに反自然なのだから。

*

豪奢〔luxe〕と淫欲〔luxure〕という二語は、ボードレールのなかでしばしば結びついており、また、死の舞や葬儀の宴の際、関節や骨が外れたとき用いる脱臼〔luxation〕という言葉もさほど離れていない。この三つの言葉は確かに同じ語源から生まれたもので、まったく無駄な浪費、歯止めのきかない性的快楽、さらには死骸や骸骨を意味するものだった。この共通の語源は起源と帰結とを同時に示している。因習から逸脱するものは何であれ賞賛し、ブルジョワジーの慎重な節約の態度を、そればかりか、あらゆる分野において必要なものだけで事足れりとする姿勢を糾弾する。ボードレールにおいて、こうした過剰さへの賞賛は自然嫌悪に結びついており、供犠への関心や死刑執行人の正当化など、極めて怪しげで危険極まりない側面に至るまで、彼は「社会学研究会」〔「聖なるもの」の社会学的研究を目的としてバタイユ、カイヨワ、レリスによって一九三七年に発足〕の先駆者といえる。愛と死が今や一方的に引き受けるだけのものではなくなり、完全には自然に属するものでなくなった。つまり、人類は神の領域にまで上りつめたのである。ボードレールならば、ジャン＝ジャック・ルソーよりもサド公爵に近いバタイユやカイヨワらのこうした考え方に共感していただろう。

ボードレールが示す嫌悪、有無を言わせぬ断言、度を越した表現には深い一貫性があり、私たちを安心させる慣習的ないくつかの考え方とは真っ向から対立する。『悪の華』や『パリの憂鬱』、そしてサロン評においてはさらにそうだが、機会があるたびに彼は群衆と芸術を対置し、人類の恩人たち、つまり啓蒙主義の哲学者たちへの嫌悪を声高に訴え、自然で飾らない女性に対する憎悪をあらわにした。それゆえ、いずれ万人の手に届き、誰もが自分の腕前に感心できるような芸術となるはずの写真をボードレールが断罪する理由も理解できる。詩篇「貧民を撲《なぐ》り倒そう！」のブラックユーモアや、女性をその自然な状態――女優や娼婦よりも母親であることのほうが「下劣」である――から解放する化粧や宝飾品に対する彼の賛辞についても容易に納得できる。

ボードレールにとって自然の美というものは存在しないのであり、そのことが彼をダンディや野蛮人に近づけるのだ。ダンディも野蛮人も装飾品への嗜好があるのだから。この仮借ない論理のおかげで、彼は偉大な詩人というだけでなく十九世紀の偉大な思想家の一人なのであり、そればかりか、時にはボードレールを同胞だと気づかない反動たちにとって、また時には自分たちの仲間に引き込めると信じていた進歩主義者たちにとって、大いなる矛盾の作家、堪え難い扇動者でもあったのだ。

＊

ボードレールにおける現代性《モデルニテ》の特徴の一つは韻文と散文のあいだでの逡巡であり、韻文詩「髪」と散文詩「旅への誘い」のように、一方から他方への移調あるいは翻訳を遂行することすらあった。彼はフランス詩が韻文と散文のあいだで大きく揺れ動いているのを感じていたが、その揺らぎをすでにネルヴァルのなかに認めていた。韻文と散文のあいだの揺れはランボーやマラルメに、そしてシュルレアリストたちにまで広がった。

ボードレールは韻文ではもはや歌うことができなくなったと感じていた。何もかもが互いに関連しあう社会では、古いスカンシオン〔詩句の韻を区切って際立たせる朗誦の仕方〕や脚韻そのものが、死刑執行人のくず籠の中にはねられた王の首と同じ運命をたどることになるのだろう。彼は散文の単調さを群衆による支配と同じく嫌ったものだった。ボードレールが「律動《リズム》も脚韻も欠きながら音楽的で、魂の抒情的な動きや夢想の波のようなうねりや意識の突如たる身ぶるいにぴったりと合うほど、十分しなやかでかつ十分にぎくしゃくとした詩的散文の奇蹟」を求めたのは、おそらく陶酔を伴うあの嫌悪から逃れるためだったのではないか。

ボードレールに、大嫌いな宿敵ルソーこそがそのような奇蹟的な散文を発明したのだと言ってやったら、ひどく仰天したに違いない。

＊

すべての先駆者であるボードレールは、おぞましいものに関してもそうだった。彼の晩年の作品がそのことを証明している。そこでは論理が罵詈雑言へと道を譲っているのだ。ボードレールにとってベルギーは手に負えぬもので（彼にとってのみ「ベルギー人」という言葉は侮辱だった）、民主主義は梅毒に、女性は動物になぞらえられるものだった。「〈ユダヤ人種〉の撲滅のために組織さるべき立派な陰謀」という『赤裸の心』の過ぎた悪ふざけは、それに気づいた数少ない一人であるヴァルター・ベンヤミンによって『虫けらどもをひねりつぶせ』〔セリーヌが書いた強烈な反ユダヤ主義のパンフレット〕を予言するものと考えられた。

このボードレールの言葉は人種主義的というよりも神学的であるが、それでも彼が憎悪から創作意欲を得ていることに変わりはない。ボードレールは晩年、この憎悪という毒薬の摂取量を増やしていくしかなかった。苦笑いは引きつった笑いに変わり、文体の探求は気取りとなり、挑発的な態度は殺人への希求となった。ボードレールは自らが声高に求めたキリスト教の伝統に忠実だった。彼は獣になる天使〔「人間は天使でも獣でもない。だが不幸なことに、天使のまねをしようとして獣になる」というパスカルの言葉が踏まえられている〕という演目に、汚辱にまみれた天才という新しいヴァージョンをひとつ加えたのだ。

「ひとりの野心的な人間が、人間の思考、世論、人間の感情という広大な領域を一挙に変革しようとする意思を持ったために、その人物には好機が与えられた。永遠の名誉への道が彼の前に開かれる。まっすぐで障害物ひとつない道。彼はただ、一冊の小さな本を書き、出版するだけでよいのだ。本のタイトルは簡単なもので、ごく普通の言葉で『赤裸の心』。しかしその小さな本はタイトルに忠実でなくてはならないだろう。」

　このような計画を素描したエドガー・ポーは、誰も遠慮なく思い切って本心を打ち明けたりはしないだろうし、そんなことができる人などいない、とすぐに考えた。というのも、赤く燃えるペンで書かれた紙片は真っ赤に燃えさかるからだ。ボードレールはこの挑戦を引き受けた、ただし結果はポーが想像していた神明裁判、つまり、文学そのものを危機に陥れるような火の試練とは程遠いものだった。そこで表現されているのは単に自己満足した耄碌であり、若年性痴呆の前触れである。

*　　*

特定の食品を加工する場合、発酵だけでなく腐敗処理も世界中で行われている。しかし、どの国の料理においても、発酵や腐敗による味はそれぞれ異なっており、あらかじめ口上や手ほどきのようなものがなければ、他国の人間には耐え難いほどだ。もっとも、外国人とその味を共有したいとは思わないのだが。

皮蛋、チーズ、カビ、発酵させた海苔や魚に共通しているのは、あらゆる食の慣習がそうであるように、死体の腐敗と回復する生を思い起こさせる点だ。ところで、乗り越えるべきこの不快感とは死の予感なのであり、強がってでも払いのけるべき恐怖である。とはいえ、その恐怖というのも同国人の中で起こる恐怖なのだが。

*

インディオのヤマクラ族〔訳者が調べた限りそのような部族は存在しない〕にとって、病気は決して自然によるものではない。彼らにとって病気とはつねに精神の病であり、悪魔たちの仕業なのだ。それは、偉大な文化の印として解釈されうるものだといえる。

我々もまた固有の治療師や祈祷師を有しているのだが、パストゥールの出現とともに、しばらくの間は病気が自然の仕業にすぎないと信じられた。しかし、それでも心の病がなくなることはなかったし、医師たちの不確かな説明もなくならなかった。なるほど医師の説明なしで済ますことは難しい。微生物の発見〔一八七八年にセディヨによって細菌＝微生物 microbe という名が与えられる〕のすぐ後に無意識が発見されたことがそれを証明している。

＊

彼方、精霊、祖先が広大な「未踏の地」を占めているので、アフリカ人は他の彼方、精霊、祖先を見出す必要を感じなかったし、また、奴隷貿易や植民地化による強制の前に遠くへ旅する必要を見出さなかった。しかし神秘に基づく彼らの世界との関係は、秘密に対する好み――それは西洋が作り出す歴史への不信感にも見出せる――を増大させ、おそらくは文字《エクリチュール》に対するある種の無関心を助長しさえした。

モーリス・グレレは一九七四年に刊行されたダホメ王国史〔ダホメ王国は現ベナン共和国の一部〕の入門書の中で、どのようにして自分の一族の言い伝えを知ることになったかを語っている。彼は十九世紀後半の四十一年間にわたって王国を統治していたグレレ王の子孫だったのだ。それゆえ彼は口承で伝えられた物語、寓話、詠嘆詩《カンチレーヌ》、なぞかけ、象徴を暗記し、幼い頃に見ていた食事に関するタブーやマナーを知り、同じ言い回しで何度も繰り返し聞かされたため王国の歴史を覚えてしまった。王子と郡長とはよく話し合い、「一族の秘密であるいくつかの情報を明け渡さないために」、二人とも同じヴァージョンの口承をフランス人宣教師たちに伝えた。のちにヨーロッパの歴史学の方法で教育を受けることになるグレレだったが、最初の頃は、表に出せない内輪話や彼自身の個人史のより秘められた話を集めるのに他の者ほどは苦労しなかった。やがて、彼は「白人のようなやり方で」、彼らと同じ好奇心と無遠慮さを駆使して事を運ぶようになった。

「『これは一族の秘密です』と言い伝えを守る人々が彼に答えた。『われわれは誰にも口外するつもりはありません。どの王国にも秘密の歴史があり、それが公式の歴史を照らし、輝かせているのです。〈白人〉のところにいたあなたは、〈白人〉と同じくらい好奇心に溢れています。もしあなたを一族の子とみなして打ち明け話をしたら、〈白人〉のようにすべて書いてしまうかもしれません！　しかし、秘密厳守の誓いのもとでしか語られない事柄もあるのです。あなたは *ahe*（門外漢）、つまり神秘を感じ取るために耳に穴を開けられていない人間ですね。』」

＊

カメルーン西部のバハム首長区には現在、博物館と、ヨーロッパ型の教育を受けた学芸員がいる。しかし、いくつかのオブジェは秘密に包まれていて、その使い方はいまだに知られていない。というのも、今でも祝祭や儀礼の際に使われるものだからだ。我々に同伴して説明してくれた若い女性が、チンパンジーの頭蓋骨で飾られたメディスンバッグ〔薬袋〕の前で、このバッグは秘儀を伝えられた若者らが自分のトーテムを選ぶ儀式の際に、特定の動物の骨を入れるためのものだと言った。この共同体に属している男が女性にそう教えてくれたというのだ。その後、この男は秘密を漏らしたかどで、兄弟に追い払われてしまった。もっとも、少し離れたところにある別のオブジェはその神秘を完全に保持している。

至極真っ当なことだが、外国人にすべてを漏らすということはない。というのも、伝承の最初の目的は、秘密を保護することだからだ。さもなくば組織全体が崩壊してしまい、共同体は灰のように散り散りになって、世界に紛れ込んでしまう。

もっとも貴重なオブジェ、それはたいていの場合もっとも古いオブジェだが、それらを所有しているのは有力者で、自分の家で保管している。誰の目にも触れられるというわけにはいかないからだ。ふと通りがかりに学芸員の女性が私たちに教えてくれた。女性には明かされない秘密があるのは、彼女たちを危険（呪い、戦争、霊魂の世界）から遠ざけておかなくてはならないからだ。女性は子供を育てるのであり、共同体の未来は女性の手の中にあるのだから。

＊

ティグレ州〔エチオピアの州〕では、子供が何かを書いているのを目にすると、その子は、将来、魔法使いになるはずだと告げられる。地面に記号を描いている学生は、その報いとして、とても硬い棒で指を打たれることになるのだ。

マルセル・グリオールは『アビシニア人の影絵と落書き』のなかでそのような慣行について喧伝しており、祭司らが競争相手となりうる人物や、自分たちの既得権益の共有を恐れており、秘儀を授かった人間の評判を落としにかかることすらあると述べている。削った葦を操る子供は気取った奴だ、「物書きのように振舞って、大人のあとを追いかける」か、肌の上に書き写した薬を売ろうと慌てている、といった具合に。しかし、こうした利害に関わる動機の背後には、学ぼうとする人間を保護する意図、その人に注意を促し、試練を課そうとする意図も隠れている。というのも、不健全で危険な文字《エクリチュール》は「魔術に仕える」からだ。

トト神〔古代エジプトの知恵の神〕の信奉者、カバラの解釈者、中世の魔術書の写本者はそう考えていた。彼らの弟子に対する態度はほとんど同じだった。

アンリ・ミショーは一見するとより乱暴に見えるが、それでもアイロニーによって抑制された仕方で同様の考えを述べており、子供を詩人にしたいのなら、いびることが望ましいと言っている。

*

魔法使いを育てようとした共和国の学校のおかげで、私はエクリチュールがもつ強い魔力を知ったのだった。しかし、万人のためのこの魔法は効力を失うか、本性を変えてしまうことを余儀なくされている。

＊

誰一人、学のない家庭で育った私は、ダイニングルームでサド侯爵を読むことはできたが、母が買った女性誌に載っていた恋愛小説は隠れて読んだ。

だからだろう、感情を表に出すことは、エロティックなイメージよりももっと俗っぽくて猥褻なことだとずっと思っていた。

＊

かつて行われていた採集のやり方と同じく、私はもっとも予期せぬ場所で引用を集める。ベナンの中心地で、絵葉書の後ろで見つけたアレクサンダー・フォン・フンボルトの次の言葉。

「一見するときわめて馬鹿げたものであっても、民衆の信仰はすべて現実の事象の上に築かれたものだ。ただし、不十分な観察に基づいたものだが。」

双子の顔とヤヌスの双面、双頭の蛇と頭と足が並んだ動物。アフリカでは、事物であれ神話であれ、二重のものはすべて、人間が生者の世界と死者の世界のどちらの方向にも向いていることを想起させる。これら二つの世界の分離は空間の分割であるが（アフリカでは野生動物がまだ生息する地域や、人の手の入っていない地域があるためこの分割が可能となる）、ヨーロッパでは本質的には時間における分割である。

*

死者が少なくとも私たちの記憶や想像の中で、時間の牢獄から解放されることが時にあるとしても、物質性を失った身体はもはやどんな障壁にもぶつからないのだから、空間を横切るほうがもっと簡単なのだ。そこから、霊をなだめるために（あるいはそれと矛盾しないが、収穫の促進のために）仮面を召喚する多くの儀礼や儀式が生まれ、生者には死すべき運命を、祖先には彼らがすでに死んでいることを思い出させる。

もっとも忘れられているのはその点だ。というのも、ヨーロッパではその重要性が失われてしまったからだ。幽霊ものの映画や物語があるにも関わらず、中世における亡霊の恐怖には比べようもない。

＊

ドイツの民間伝承では、死者たちの王の頭は頭巾《フード》で覆われており、そのためどこにでも行くことができたし、亡霊たちの群れを引き連れて、見えなくなることすらできた。

郊外に暮らす若者たちのあいだで同じ服装が流行し《オ・グ・デュ・ジュール》（とはいえ夜〔ジュールは「昼」という意味〕に着ることのほうが）好まれている。それは人に気づかれないため、あるいは少なくとも警察の目につかないためだが、それだけではなく、正しいかどうかは別にして、自分たちを社会的に見てリビングデッドのような存在だと、つまり、昔の死者たちのように決まった居場所に拘束され、光を奪われ、市街地の豊かさや富から排除され、彼らからしてみれば、生そのものを構成するあらゆる要素から締め出されていると考えているからである。中世の悪魔の頭目《エルカン》とその「一族」と同じく、彼らにできることといえば、ただ資産の多さによって生を評価する富める者たちの眠りにつきまとうことでしかない。

このことに関して言えば、社会的な儀礼が変化を遂げてなお残り続けていることを喜ばしく思うこともできるし、その反対に、人間の想像力の限界を嘆くこともできるだろう。

ブラックアフリカが私に教えたことは、信仰の度合いを測ることはできないということだ。ポール・ヴェーヌが古代ギリシャ人について提起した問題（彼らは自分たちの神を信じていたのか？）は、数多く交わした会話でも暗に触れられていたが、それに対する答えが不確かだったために、しばしば誤解の原因となった。

＊

例えば、ベナンにある四十一の丘のあった王国の遺跡で、一世紀半以上も国を治めた後に死にたくないと思って蛇に変身した王の話を私に語ってくれた女性は、本当のところ何を信じていたのだろうか。ダホメ王国創設の神話を本当に信じているか尋ねた時のあの男の「ああ、もちろんだよ、学校でそう習ったのだから」という返答は何を意味しているのだろうか。

＊

ローマでは狼の乳で育った双子の話がよく語られるが、イタリアでその話が文字通りに信じられているとは誰も思っていない。盲信とは、空間的あるいは時間的に自分から離れた人々の信仰のことをさす言葉なのだ。

ポルトノヴォの王宮の入り口付近で、土産や雑貨の売り子が厚紙の端っこに書き写したアフリカのことわざ。「牛は角で捕まえるが、人間は言葉で捕まえる。」

＊

「しょせん人間の言葉は破《わ》れ鍋《なべ》のようなもの、われわれは空の星まで感動させようと望んではこの破れ鍋を躍起になって叩くが、たかだか熊を踊らすくらいの節まわししか打ち出せはしないのだ」(フロベール)。

＊

シェイク・アンタ・ディオプは、ウォロフ語と古代エジプト語の比較によってブラックアフリカで有名になった。しかし言語学者としての仕事だけが彼にあれほどの威光を与えたわけではない。それに加えて考古学の仕事があったし、少しずつだが、ファラオの黒人起源説、移住の跡が定かではない西アフリカ人のエジプト起源説などを展開したのだった。

ひとつだけ確かなことは、(独学者やイデオローグの宿命で、いつも間違っているというわけではないだけに) よく論争の的となる彼の著作の功績は、歴史を持たないわけではないが文字に頼らず歴史を伝承してきた人々に古代という時代を割り当て、そうすることで、白人優位の前提を、時間的に先行していたという主張で償ったことである。つまり一言で言えば、彼らに誇りをもつ理由をあたえたのだ。

アンタ・ディオプはとても有名で、ある日、コンゴ出身のパリのタクシー運転手が、ディオプについて話しながら、アブラハムもモーゼも黒人だったし、それは「科学的に証明されている」と私に語ったほどだ。起源についての幻想ほど強力に働くものはないが、同時にこれほど倒錯的なものもない。白人はそれを知るのによい立場にいる。白人もまたそうした幻想の中にいるからだ。しかもかなり巨大な幻想の中に。

*

レオ・フロベニウスは一九一〇年にイフェ族の彫像（数世紀前のテラコッタの七つの頭部で、その古典的な風格のためすぐに世界的な傑作のひとつに数えられることになった）を発見した時、アフリカ大陸に精通していたにも関わらず、それらがアフリカのものであるとはすぐには分からなかった。この見事な頭部が、フロベニウスがそれ以前に見ていた仮面や儀礼のオブジェにまったく似ていなかったのは事実であり、その完成された形が彼にとってはどこか遠くから、時間的に見て遥か太古からやってきた理想的なものに合致していたのも間違いない。だから彼は、これらの頭部がギリシャのものであり、失われた大陸の神話を信じて、大西洋から来たものだと想像した。そう考えると、たちまちあらゆる問題が解決した。歴史の謎も、地理的な障害も。
その頭部の彫像がヨルバ族〔ナイジェリア南西部とベナン南部を中心に居住〕の文化のものだということがようやく認められたのは一九三八年になってからだった。同じ様式の青銅か真鍮の十三体の頭部が新たに見つかったのだ。

*

他の部族と同じくバミレケ族は自分たちが古代エジプトの血を引くものだと思っていた。というのも、バミレケ首長区にある屋根はピラミッドの形をしていたからだ。かつては藁葺き、現在では金属でできた屋根（銀箔のように陽の光があたると輝く新品の金属板）は、万国共通の形を採用したものであってエジプトの墓とは何の関係もない。ピラミッドはここではひとつの幻想の形でしかなく、ルネサンス期の間違った語源や、現代の綴り字の中にも溢れている数えきれないほどの「ギリシャ文字」を思わせる。

*

ギリシャ人から受け継いだ数ある美徳のなかに、フランス語の優越性とその普遍性、論理性、明晰さがあり、あたかも復活した神々がその頭脳から生み出した、万人が享受できるわけではない完全言語を蘇らせるため、我々フランス人を選んだかのようだ。これほど成功を収めた話もあまりなく、数世紀もの間、君主、芸術家、庶民にこれほど信じられた話も少ない。その上、共和制になってからもこの伝説は引き継がれた。この伝説は、なによりも文芸の国であることを望んだ国にとって、国家創設の神話に等しいものである。

こうした偉大さへの熱狂に関するもっとも雄弁な証言のひとつは、詩人や文法家によるものではなく、ホメロス、オイディプス、ゼウスらの肖像画を描いたひとりの画家によるものだ。この画家は、女性の裸体に関しては大理石の女神像よりもオダリスクやトルコ風呂に想像力を刺激されていたが、それでも古典をもっぱら崇拝する画家だった。学者らの見識を引き合いに出しながらアングルは次のように述べている。「フランス語はもっともギリシャ語に近い言語だ。つまり、人間がこれまで話したもっとも完璧な言語に近いのだ。学者たちは、フランス語が現代語のなかで比類なくもっとも美しい言語だと述べている。彼らによればラテン語はさほど幸福感をもたらすわけでも十分な明晰さを備えているわけでもないようで、ラテン語よりもフランス語のほうが好きだと言っているようなものだ。我らの言語を複雑なものにし、文章を組み立てることが難しいため思考を束縛するような数多の助動詞や些細な言葉についてなされる反論に対して、学者たちはそれを退けるだけの十分な論拠を持ち合わせている。彼らの言い分は次の通りだ。最良の言語とは、明晰さ、多様さ、格調の高さを最高度に兼ね備えた言語なのだ。さて、フランス語はといえば、もっとも明晰な言語である。その点について意見は一致している。フランス語はもっとも変化に富んでいる、というのもあらゆる文体に対して、さらには、散文であれ韻文であれあらゆる種類の文章の構成に対して等しく適しているからだ。フランス語はすべてのジャンルにおいて文章構成の完成したモデルを提供している。最後に、フランス語はもっとも格調高い言語である。なぜなら、フランス語は全ヨーロッパの中でも品の良い言語だからだ。」

*

セガレンは、シュレーゲルを読んだアントワーヌ・メイエの記事について、独自の速記法で自分用に記録しておいた未刊のノートの中で、二十世紀初頭に次のように予言していた。「〈aryen〔アーリア人、アーリア語〕〉という単語は、純粋に言語学的な分野以外で用いられると有害な逸脱をすることになるだろう。」この見解を裏付ける以上のことが歴史では起こったが、それでも特定の言語学者、考古学者、歴史家、生物学者が厳密には暫定的であるだけでなく、不備があることをどうしても隠せないような知識から自分たちの理論を組み立ててしまった。精神の領域では、解釈という病はもっとも伝染しやすいものの一つなのだ。

（さらなる発掘や理論を待ちながらも）人類のアフリカ起源説は、結果として時宜を得たものだった。植民地主義が終焉を迎えた直後、このことは残念賞のようなものとして機能した。しかし、不完全な二、三体の骨から人類の歴史を語ることは、いくつかの壺の破片から古代ギリシャを復元するのと同じことだ。

＊

先史時代に関して、わずかな発掘物で数千年の歳月をずらして年表を簡単に修正できるというなら、フロベールは『ブヴァールとペキュシェ』にそのことに関する章を書き足すこともできたであろう。

＊

ビュフォンによれば、地球が誕生して七万五千年が経過していたことになる。

彼は同時代の聖書の読者を混乱させた、みなまだ数千年しか経っていないと確信していたからだ。

*

『バイオロジー・レターズ』誌に二〇〇七年十一月二十一日に掲載された研究によれば、全長二・五メートルにも達するほどのウミサソリのハサミの部分の化石がドイツで発見された。同じ記事によれば、この化石が三億九千万年前の岩石の中で見つかったことから、それまで考えられていたよりもはるかに巨大な蜘蛛や昆虫や蟹がその時代に存在していたと推測される(AFP通信、二〇〇七年十一月)。

*

ブラックアフリカについて、同情の言葉と収支の数字以外に、何が言えるだろうか。おそらく発展途上という言葉を使わないことから始めなければならないだろう。この語がヒエラルキーや、進歩の道筋での格付けを意味する以上は。しかし、だからこそ別のモデル、別の価値観、はっきり言えば、まったく別の仕方で自らの歴史を構想するような別の文明を想像しなくてはならないのだ。

さもなければ、大陸のほぼ全体で、火星人でも劣った人間でもない人類の一部が、車も文字も灌漑も道路も、また、食料の貯蔵も大規模な供給も知らなかったことをどのように説明できるだろうか。あらゆる活動の目的が富の蓄積というわけではなかったことをどう考えるべきだろうか。原料の開発がマニュファクチュアを生み出さなかったのはどうしてなのか（今日でもなお、長衣《ブブ》のプリント生地はオランダへ輸出した綿生地から作られ逆輸入されている）、あるいは、鍛冶の技術が金属工業へと至らなかった理由をどう考えるべきなのか。

次から次へと疑問が生じるが、そのなかでもこれらの疑問に答えようとすれば、われわれの文明とは根本的に異なる文明が存在することを認めざるをえない。商品経済よりも贈与や返礼に価値を置き、富の生産や資本の増加ではなく神秘的なもの、精神、死者の世界へと向かう文明を。そうでなければ、見事な作品が決してそのままの状態で保存されたことがなく、また、崇拝の対象だったことすらほとんどないことの理由を説明できない。あるいはまた、社会的関係があれほどの配慮や創意工夫を生み出し、その一覧たるや人類にとって真の遺産と言えるほどであることを説明できないのだ。

欠落していたのは知識ではなく、ホモ・エコノミクスになりたいという欲望であり、それは、たいていの場合、明示されることのない、さらなる強い意志を目指す。すなわち、高いお金を支払いながらも自分自身であることを諦めず、長い間一度も成功しなかったにもかかわらず不条理なまでに受動的に耐え続けるという意志だ。

歴史の狡知が解決してくれない限りは……

＊

技術の発明、ストライキ、社会の発展は、われわれの社会において、労働時間を短縮することと、大げさに「レジャー文明」と呼ばれるものを考え出すことを可能にした。この言葉が本当に意味のある言葉なのかは定かではないが、もしそれがある現実（社会学が考え出す大部分のカテゴリーのように、多かれ少なかれ曖昧な現実）を言い表す言葉であるなら、次のような結論に至らざるをえない。数世代にわたって自分の腕だけを頼りにしてきた農民たち、作業服姿の労働者の群れ、鉱山の奥深く交替制で働く坑夫たちの集団、彼らが血の汗を流したおかげで、ブッシュマン〔サン族〕やオーストラリアのアボリジニ（言うまでもなく、石器時代以降の他の多くの民族も）が何としても守り抜こうとしたもの、何よりも私たちから守り抜こうとしたものを再発見させてくれたのだ。昼寝をする時間、便りを交わす時間、顔を飾りたて、身体にペイントする時間、愛を交わす時間、儀礼を守るよう注意深く見守る時間など。

　つまり、私が幼少の頃に想像していたような循環的に進む時間においては、最初と最後は、一見すると相容れない道を通って、最終的に同じ地点で結ばれうるのだ。

「狩猟民にかんする人類学の大方の研究は、元野生人についての時代錯誤的な研究である——あるいは、かつてグレイが言ったように、他の社会の構成員によっておこなわれる、ある社会の死体検死に他ならないのだ」（マーシャル・サーリンズ『石器時代、豊かな時代』、ガリマール社、一九七六年）。

＊

「プリミティヴ」という言葉を削除するために（しかし原罪をどのように削除できるのか）「原初芸術」という言葉が使われたが、結局定着しなかった。「原初芸術」の代わりに、フェリックス・フェネオンが当時提案したように「遠方芸術」と言うほうがより正確なのではないだろうか。

＊

詩的インスピレーションから未来の開示、さらには幼年期の再発見に至るまで、私たちは夢に不可能なことを求めてきた。このような信仰がもつ魅力は手放すことが難しく、私自身抗うことができないでいるのだが、それにもかかわらず、よく侮辱的な言葉で言われているように、夢は脳の衰え、いくつかの機能停止、さまざまな接続の解除、論理の欠如、軽度の失語症のせいではないのかと思ってしまうことがある。

睡眠中にあらわれる痴呆の前兆。

＊

象はいびきをかいて眠る。

＊

『ジバルドーネ』のある箇所で（それを再び見つけるにはすべてを読み直す必要があるだろう）、レオパルディ〔十九世紀前半のイタリアの詩人〕は二世紀のあいだにどんどん広まったある現象の誕生について記している。記号をそれが表す現実の観点から考察するのではなく、記号それ自体として考えるという現象である。もちろん、現実を表すという主たる機能は残り続けているのだが。当時新しかったこのようなフェティシズムの形態は、ソネット「母音」や『賽の一振り』〔前者はランボーの詩篇、後者はマラルメの著作〕

の中で再び見出されることになったが、それだけでなく、広告ポスター、コラージュ、カリグラムの中にも現れ、近代文化《モデルニテ》の象徴と看板にまでなった。こうした文字に対する崇拝は精神の遊び、事情通の間でわかる記号、時代の空気の証に堕するしかなかった。精神分析はこの現象を加速化し、その後、「シボレート」から「差延」まで、語源による立証から気取った言葉使いまで、哲学がその犠牲となった。

*

デュ・ベレー〔十六世紀フランスの詩人〕は彼が無韻詩と呼んだものに関して、韻の欠如を埋めあわせるために詩は「肉づきがよく筋の多い」ものでなくてはならないと指摘した。これこそ、二十世紀の自由詩の信奉者たちが思い起こすべき忠告である。彼らは遵守すべき形式の欠如がさらなる別の義務を生み出すということを忘れているのだ。この忠告がなければ、意味は曖昧で混乱したものとなり、律動《リズム》は価値のないものとなる。

ロンサールについて言えば、彼はもっとも効果的な仕方で、詩篇《ポエム》と詩情《ポエジー》を本質的に区分した。死後に刊行された作品の一つに彼は次のような言葉を残している。

　詩篇と詩情は大きく異なる。

詩情とはさまざまな外見をした草原、
その豊かさを誇りに思い、花々で満ちあふれ、
数え切れぬほどの色で塗られた、極彩色の草原だ［……］。
詩篇は一輪の花、あるいは、森の中にある、
ただ一本の楢の木、ただ一本の楡、一本の樅、一本の松だ。

＊

「詩人が一人の批評家を含まないことは不可能だ［……］。私は本能にのみ導かれる詩人たちを憐れむ。私は彼らを不完全なものと思うのだ」（ボードレール）。

＊

『マルジナリア』の注で、エドガー・ポーは韻律の快楽はわれわれの均等への願望と関係していると述べた。同じ音の響きの反復は、二等辺三角形や水晶構造と同様、われわれの均等への願望をたやすく満たしてくれるのだ。しかし彼はすぐに付言する。それよりもさらに繊細な快楽があり、それはちょっとしたずれの快楽なのだと。より完全な悦びとは、長さが同じではない文章の

終わりに押韻が付されることで生じる悦びだ。別の言い方をすれば、それは驚きの快楽であり、どの足で舞っているのかもはや分からないような稀有な瞬間の快楽である。

対称性《シンメトリー》は秩序を要請し、秩序は違反を求める。不確実なものの中に調和を求めるのとはまったく別のことだ。英国式庭園や日本の庭のように、不安定な外観をした均衡の快楽とはまったく異なるのである。

私は折り目正しい詩がだんだん好きではなくなっている。フランス式庭園の中央にある、悲しいかな左右対称に二分された単調な並木道は、昔から嫌いだった。

*

コンラッドの小説とともに、ホメロスを端緒とする海洋冒険ものは終わりを迎える。シンドバッドやトリスタンがユリシーズやイアーソーンの遠い子孫と見なされるような海洋冒険もののことだ。しかし、ホメロスの作品において、人間の意図は神々が投げた運命の賽や、フクロウの目をもつ女神あるいは雌牛の頭部をもつ女神の善意に従わざるをえないが、コンラッドの作品においては、命令を下すのは風であり、船の乗組員の軽率な行動である。英雄や超人は愚か者たちに地位を譲ったわけだが、ただし彼らは「尊敬に値する愚か者」であり運命の策略に翻弄されるかわりに、故障や自分たちの臆病さに立ち向かうのである。

帆船での航海が終わりを迎える時、三千年もの西洋文学の一部も共に終わりを迎えることになる。その時には、コンラッドに感謝することになるだろう。海神ネプチューンが海の世界の支配者として君臨し、どの港にもその代理人がいるような「古くて不毛な世界」において、物語を再び崇高な次元にまで引き上げ、何がなんでも物語を存続させたことに対して。

*

航空術は孤独な愚か者たちの時代を表すものであり、彼ら全員が尊敬に値する人間というわけではなかった。例えば、一九四五年八月六日、広島上空に最初の原子爆弾を投下したアメリカ人パイロット、ポール・ティベッツは自分が乗っていたB－29を母親の名前からとってエノラ・ゲイと名付けた。

それでもポール・ティベッツは情状酌量されたのだった（人々を疲弊させる残虐な戦争の終局で、何事も辞さない敵と戦わざるをえなかったからだ）。真の「孤独な愚か者」はリンドバーグだ。彼は英雄として祝福された後、熱狂的なピューリタニズムの礼賛者となり、もっとも有害な人種論を賛美した。

一九〇〇年前後、北欧の画家たちは黄みがかった光に照らされた悲しげな室内を描いた。その室内にいる女性たちは、長い黒のドレスに覆われていて手と顔しか見えない。彼女たちは縫い物をし、刺繍をし、本を読んでいる。本人たち同様に節度のある髪型を決して乱さないよう注意しながら。

*

同じ時代に、東洋趣味の画家や写真家は、美しさを引き立てるスタジオの照明の中で、胸の膨らみはじめた物憂げな少女や裸の少年たちにポーズをとらせ、欲望が支配するアラビア世界のいかがわしいイメージをつくりあげたのだった。

控えめに言っても、一世紀の間に状況は逆転した。文明とは時計台が示す時間のようなもので、針が動いているとは感じられない。しかし、時計の針から背を向ければ時の経過がわかるのだ。

*

歴史はなんと早く進むことだろう。一八八〇年代、ヨーロッパ列強はアフリカを分け合ったが、六十年後にはアメリカとロシアがヨーロッパを分け合った。

私たちが乗っている列車は停止しているように見えるが、別の列車とすれちがうや全速力で前進しているのだ。

＊

およそいたるところにいる厳格な信者たちに対して、三十年ほど前にローマで読んだ忘れがたい禅の話をするのが私は好きだ。

昔々、日本で二人の僧侶がどしゃぶりの中、泥道を歩いていた。角を曲がると、若くて美しい女性に出会った。その女は着物と絹の襟巻が汚れてしまうことを恐れ、道を渡るのをためらっていた。

「こちらに来なさい」、すぐに坦山《たんざん》がその女に叫んだ。それから坦山はその女を抱きかかえ、水たまりを超えたところで下ろした。

奕堂《えきどう》は何も言わなかったが、夜になって寝泊まりする宿に到着した時、こらえられなくなって行脚をともにする坦山《たんざん》にこう言った。「女性に近づいてはならないことはわかっているだろう、とりわけ若くて美しい女性には。なぜあのようなことをしたのだ。」

坦山《たんざん》は答えた。「とうに忘れていた。お前はまだそんなことを覚えているのか。」

職業病だろう。読書の際には、どうしても文章を直したり、あるいは少なくとも句読点の場所を変えたり、形容詞を変えたり、時には心の耳に合ったリズムにするため語順を変えたりしてしまう。

＊

特に翻訳に関してはそうだ。フランス語訳はほとんどの場合、少しぼんやりとしていて、現像液の中で見たことのあるイメージ、まだ像が完全に定着していないイメージのようだ。もしフランス語で書かれた本で同じことをしなくてはならない場合には、すぐに読むのをやめてしまう。

＊

中国人の女性の友人によれば、文学作品にも見出されるものだが、フランス語の会話の特徴は、挿入節や挿入句の括弧を開いてしまうことにあるらしく、外国人にとっては、それが文章（と論証の論理）を追いづらくしている。

*

文学においてジャンルは重視されるが形式はそうではない。もっとも適切な文学形式の中でも、リストはもっとも実践されているものの一つだ。その理由はおそらく、リストが意味と無意味の境界にあるからだろう。リストは何らかの結論を出すことなく関連づけるだけでよしとする形式で（そもそもリストが完結することなど稀だ）、心ゆくまであちこち移動したり、数行飛ばしたり、偶然の一致を見つけたりできる目録を打ち立て、他の組み合わせの可能性をもちらつかせることで、ひとつの体系に閉じ込めることなく、私たちのカタログへの嗜好を満たしてくれる。

リストとは、語源が示している通り、余白に書かれるものだ。ゲルマン語系の語源では辺境、縁、目印を書き込む細い縦長の羊皮ないし紙の巻物を意味する。そこからリストがもつ詩的効果と備忘録としての役割とが生じる。そしてまた、リストを読み上げる時に湧き上がる幸福感が。ラブレーの作品で語られる尻拭き、ドン・ジュアンが女性をものにした話、ボルヘスにおける空想上の動物学、ペレックの思い出などは有名で魅力的な例である。誰もがリストを埋めることができるが、私ならば、そこに読書の索引や文献目録を加えるだろう。良書においてはそれらもすでに読書の一部をなすのだから。

ネルヴァルの友人でアルザス人のアレクサンドル・ヴェイユは生前、「論理的にはフランス語に属する」五千語からなる辞書の作成に着手した。別の言い方をすれば、形態と意味が許容されうる言葉、つまり存在しうるが、その必要性が感じられないような言葉の辞書だ。

広告やモード、そして今では政治もこれと同じ手続きに頼り、無くても誰も困らない目新しさによって人々の心を強くとらえてきた。ただし、アレクサンドル・ヴェイユが文学の狂人だと思われていたのに対して、現在ではこうした無駄な語彙を発案すれば創作家と（あるいはクリエーターとすら）見なされるのだが。

*

作家にとって言葉は安心できるものであると同時に不気味なものでもある。固有名に関しては必ず証明されて〔justifié〕いなくてはならない、さもなくば、それが示す存在そのものが改めて検討されることになる。

そのため、エドガー・ポーは複数の理由から自分の国をアメリカではなくむしろアパラチアと呼ぶことを望んだ。最初の理由は、アメリカが地理的に見てあまりに曖昧で広大であり、北アメリカや南アメリカなどと言わなければならなかったから。第二の理由は、「アパラチア」という語がもともと地方のもので、国の特異性を示す語であると同時に、情け容赦なく虐殺されたアボリジニの人々への敬意を示すからである。

最後の理由はもっとも驚くべきものだが、やはりとても不遜なものである。「アパラチア」という言葉は、ワシントン・アーヴィングなる作家が、別の言い方をすれば、名をなした〔＝名前を作った〕人物が提案したものだ、ということだ。論理をかくも愛していたエドガー・ポーは、冷徹な論証能力に加えて、この件に関しては、魔術的といえる論理を展開している。彼が実際に前提としたのは次のことだ。すなわち、作家自身の名は、自らの作品によって正当化される〔justifié〕のであり、それゆえ、作家は名づけの力を獲得するのだ。

すばらしい発想だが、おそらく軽率でもある。その上、フランス語では形容詞にしたときに問題が生じる。「appalachien」とすれば魅力がないし、「appalachique」も大差ない。

*

アラビア語で沿岸や浜辺を表すサヘル〔ブルキナファソ東部の地方名〕は、サハラを海に変え、砂漠の横断を海上の冒険へと変容させる。

隊商《キャラバン》にいた誰かがおそらく考え出したのだろうが、文字通りの意味でも隠喩的な意味でも的確なこの言葉は、アナロジーの力によって、それだけで詩的な現象を端的に示している。この語は現実を正確に表すと同時に、名づけられた現実が幻想に変容することも表している。

*

テレビで宇宙探査の専門家が月の調査の再開を語り、誰もが知っているこれまでの説明に加えてさらにある説明を加えた。

「あちらに行くのは、遠くから自分たちの姿を見るためです。自分たちのイメージをよりよく眺めるためです。」

*

イグアナは藻を食べるために数時間水の中を動き回ると、体が冷え、体温が低下して消化ができなくなる。それゆえ、体温を戻して、体内燃焼が生じるまで、熱のこもった温かい岩の上で日光浴しながら昼寝をする必要があるのだ。

このことを話すと必ず、聞いている相手が自分の消化の問題をわたしに打ち明けてくる。冬のサンドイッチは胃にもたれるとか、夏に冷水を飲んでお腹を壊しているとか、ハーブティーやホットワインは体に良いとか……

人間のナルシシズムたるや平凡な類似では満足しない（それでも猿やオウムは大いに支えてくれた）。アメーバから蜂を経て象にいたるまで、あらゆる生物を自分と比較してしまうのは人間の性《さが》なのだ。

*

リヴィングストン〔十九世紀スコットランドの探検家〕は、ザンベジ川地方〔アフリカ大陸南部〕でダチョウの足のことで口論している現地人たちに出会った時のことを語っている。「問題になっていたのは次のことだ。ダチョウの足の二つの親指は、人間の親指と人差し指に等しいのか、それとも薬指と小指に等しいのか？」

　この話で驚くべきは喧嘩の理由ではなく（天使の性別、魂の場所、数学の才能などはダチョウの足以上に確固とした実体を持っていない）、動物を人間の立場に置きなおしたい欲求、人間があらゆる事物の尺度であり、自然に対するモデルだと想定されていることだ。そしてまさにこの欲求のために、昔も今も変わらず、あの現地人たちは私たちに近いのだ。

動物は、経験から身の回りに鎮痛や解毒に役立つ物質を見つけることができる場合、自分自身で治療を行う。

＊

ウガンダで博物館の三人の獣医が注意深く見守っていた病気のチンパンジーたちは、トリチリア・ルベスケンスの樹木の葉をカオリナイトを含んだ粘土に混ぜ——この組み合わせでなければ効き目は少ない——葉の抗マラリア成分を活性化した。

この手続きはなるほど基本的なものであり、適用は限られているものの、それでもモリエールの芝居の医者たちは病気に立ち向かうために、これ以上のものを入手できなかった。ラテン語の文言と意味不明の言葉を除いては。

＊

呪物《フェティッシュ》市場〔ブードゥー教の占い、魔術、儀式などに用いる動物の頭部などが山積みに売られているトーゴの市場〕を眼にしても西洋人はさほど驚かないだろう（また、腐敗した頭部を前にしてもさほど気分を害さないだろう。積み重なる頭蓋は、死体置場を除けば、現在目にすることのできる最も見事な生の虚《ヴァニタス》しさを示している。死体置場はまったく異なる性質を持っており、その光景ははるかに耐え難い）、もし彼らが、せいぜい二世紀ほど前には西洋の医者も同じ手続きにのっとり、同じ白粉、同じ膏薬を用いていたことを思い出すならば。絞首刑の男の精液、マンドラゴラの種〔絞首刑になった受刑者が激痛から射精し、その精液から生まれたという伝承がある〕、あるいは吐き気を催させるミイラの汁はもちろん、テリアカ〔古代ローマ時代の解毒の特効薬でワインや蜂蜜など多くの物を混ぜて調合される〕のことを考えるだけで十分だろう。その成分や効果は今日では信じがたい。

ラルース〔十九世紀の事典編纂者ピエール・ラルース〕はテリアカの語に大辞典の二段分の記述を費やした。まるで東洋医学の老いぼれについて語るように彼は記述したが（皇帝ネロがテリアカを用いており、ガレノス〔古代ローマ最大のギリシャ人の医学者〕はその処方について長々と叙述している）、それだけでなく、トルソー〔アルマン・トルソー、十九世紀のフランスの医師〕が「悪い性質の発熱」に対していまだにテリアカを薦めていることも記述している。人によっては万能薬に近いものとして、（きわめて多様な病において、それどころか反対の病状においても）抜群の効き目をもつものだという評判は、テリアカが数世紀の時を経て用いられてきたというだけでなく、蛇の猛毒や猛禽の咬み傷に対して用いられていたことに由来する。マムシが成分に入っていたことからわかるように、こうしたテリアカ信仰には魔術的な思考が働いている。ラルースはパリの薬学コレージュが、一年のある特定の時期に行われる恒例の儀礼において華々しくテリアカを調合していたことを喚起したのち、その成分をすべて記述した。

ワインによる酩酊や思考能力の低下のために、テリアカは鎮静作用をもっていたと現在では考えられている（ワインには百ほどの物質が含まれており、その中にはいくらかの芥子《けし》の実も入っていた。その効果は他の成分よりも強かったのだろう）。

＊

痛みは、信仰と同様、評価することが難しい。とりわけ、有効な麻酔がない中で手術が行われていた時代における痛みはそうだ。まず頭に浮かぶのは切断だ。おそらく、今でも存在するノコギリが道具として用いられていたからであり、激しい恐怖とともにその光景を思い浮かべることができるからだろう。しかし、壊疽や死を避けなくてはならない場合、行為そのものは迅速であり、最終的には耐えられるものであった。痛みだけでなく合併症の点においても最悪なのは、傷口をふさぐために熱い鉄を押しつけられる処置だ。アンブロワーズ・パレ〔十六世紀のフランスの王室公式外科医〕は出血を避けるためにピンセットで動脈を引っぱって結紮《けっさつ》〔外科的処置の際に用いられる身体の一部などを縛って固定する技術〕を行った初めての医者だった。

彼はまた補綴術を改良した人物でもあり、可動式の金属製の人口装具はさまざまなモデルを生み出した。残った足に革のバンドで留められたエイハブ船長〔メルヴィル『白鯨』の登場人物〕の義足のような、木の義足に甘んじざるをえない貧しい人たちのためのものはない。一九五〇年代には、まだその種の杖のような義足が存在していた。父方の祖母のブルターニュの村で、馬具を作る職人が鞍やハーネスを縫い直すまえに、自分の足を外してかたわらに置いていたのを覚えている。

後遺症や傷痕がなくとも、身体はおどろくほどはっきりと自分を襲った不意の事故を記憶している。爪が剥がれたり、火傷をしたり、歯茎が腫れたりすれば記憶にはっきりと残り、切り込みや切り傷に似たものが刻印される。精神的なものはもっと変わりやすく、もっと簡単に忘れられてしまう。悲しみ、怒り、落ち込みは日付のはっきりした出来事ではなく、精神状態を作っている絶妙な均衡の変化に他ならない。その観点からすれば、気分＝体液に関する古い理論はなおも正しいと言える。

回復した身体は記憶を次々と喚起しながら、ひとつの空想《キマイラ》を描き出す。目立たなくなった傷痕や空想上の痛みは、数日間、現実の身体と混じり合うのだ。

＊

臍なしで生きることは難しい。これは外科医が言っていることだ。腹壁を開いたときに臍を避けることができなかった場合や、何度も手術を経験したあげく臍を切除せざるをえなかった場合、患者が臍の喪失を耐え難いと感じていることが確認できれば、外科医は彼らの臍を再生してやる。

傷跡が縫い目に見え、腹が袋のようになるからだろうか。生誕の証を、そのときの記憶がないだけに、残し、刻み込んでおきたいからだろうか。それとも、想像上の臍帯を懐かしんでいるからなのだろうか、出産前夜にアリアドネの糸の役割をはたすあの臍帯を。

＊

一五八〇年九月、モンテーニュはイタリア旅行の最初の頃、わざわざ次のように記している。ヴィトリー＝ル＝フランソワでは、娘たちが「マリー・ジェルマンみたいに男になるといけないから、大股広げて飛んだり走ったりしないように気をつけなくちゃ、という俗謡」を口ずさんでいた。こうした声がけは、同じ村落で、男の子の服装をして生活していたか、あるいは性別がはっきりしない女の子が絞首刑にあったばかりだったので、有益なものだった。しかし、娘たちの歌は、思いがけない光によって、ドレスやスカートを身につけるときには膝を閉じておきなさいという忠告も明るみに出している。礼儀作法や処世術の下には、おそらくもっと暗い動機や、衣服の流行のせいであまり明るみにでない不安が隠れているのだろう。と同時に、性的差異は、今ほど明確に区分されて［＝切断されて］いない、とは言わないまでも、ずっとあいまいに考えられていたということだ。

マリー・ジェルマンの事は十六世紀に大きな話題となったはずだ。有名な二人の証人のおかげでその事件は今でも知られている。一人はアンブロワーズ・パレで、著書『怪物と驚異について』で言及があり、もう一人はモンテーニュで旅日記のなかに記述が見られる。両者が語るには、マリーはある日、男に変身してしまったようで、年齢に関しては両者の記述は異なるものの（パレは十五歳、モンテーニュは二十二歳）、状況に関しては一致している。柵を飛び越えたときに、腹から睾丸が出てきたのだ。あるいはモンテーニュが言うには「男のものがあらわれた」のだ。

モンテーニュは『エセー』の中でこのエピソードに立ち返り、見聞きしたことや書物で読んだことで肉付けをしているが、それは「髭もじゃで、年老いて、結婚もしていなかった」マリー・ジェルマンの一件に対してまったく個人的な解釈を行うためだった。旅行者モンテーニュの注意をひき、書斎でも忘れることができず、娘たちが口ずさんでいた歌まで思い出させるほどのこの変身のエピソードは彼にとって想像力の強さを明示するものであった。ある固定観念や「激しい欲望」が、自然の法則に反する現象を生み出すことがある。そのような現象が安らぎをもたらしてくれるからだ。想像力は、「この際、男性の部分を娘たちにもくっつけてやるぐらいのほうが、よほどすっきりするのである。」

欲望の力についてこれほど明晰に説明されたことは稀であり、その力は山を動かすことはできないにしても、ネズミを生み出すことはできるのである。しかしそれはまた、私たちから漏れ出る意志、例えばここで証明されているような自我よりも強力なものの神秘なのだ。モンテーニュが言う想像力とは、もはや魂ではなく無意識でもない。それは私たちの行為の計り知れない部分と、実際に働いているが目には見えない動機とを指し示す（物質ではなく）言葉である。

したがって、神経と細胞のあいだには、骨髄と血のあいだには、空気よりも軽く、水よりも透明なものがあるのだろう。つまり、エネルギーの源泉である活発な空虚のようなものが。そこから、喧騒や苦悩が、それればかりか、最終的にひとつの身体や運命の形をとる自己イメージが生み出されるのだ。

*

アンブロワーズ・パレとモンテーニュによって、私たちは病理学的なものに対する、あるいは昔であれば奇人と呼ばれていた人に対する二つのアプローチに直面している。ひとつは純粋に身体的な変成であるが、それが招いた偶発事は外科医によって回復可能である。もう一方は、制御できていると思い込んでいる人間を弄ぶほどの欲望の力である。

私たちもまだこの二人と同じ地点にいる。どのような名前を与えても同じだが、身体と魂と呼ばれるものを、永遠に均衡をえることができない天秤の上にかけてその重さを計り続けているのだ。

子供の頃のかかりつけの医者はドクター・ドヴァン〔ドヴァン Devin は「易者」という意味〕という名だった。独り者の老人で、威厳があり、白衣を着て足を引きずっていた。

こんな風にして、私たちは固有名と一般名詞とを混同するような神話に知らず知らずのうちにとらえられてしまう。神話は、真理や詩のごとく、軽い足取りで近づいてくる。そればかりか、あまりに巧みにアレゴリーに肉体を纏わせているため、交差点を横断するとき、あるいは、橋を渡るときに、望まなくとも、思いがけず神話とばったり出会ってしまうのだ。

＊

仮面をつけた顔を前に私は魅了されてしまうが、それは少しも特別なことではない。

仮面の魅惑は、幼い頃に受けたヘルニアの手術に、当時、患者を眠らせるために使用されていたエーテルの染み込んだマスクに由来するのだと思う。外科医だと思っていた男性の声をいまでもまだおどろくほど正確に覚えている。その男は実際には看護師だったはずで、頭がぼんやりしはじめるまで、言葉をかけて私の気持ちをなだめていた。私は彼が窓ごしに見せてくれたエッフエル塔のことを覚えている。その時の雲や、ガラスの向こうで動いている空や、麻酔が効いて眠りにおちる直前の息苦しさも。それから、目覚めたときの包帯や、その包帯をはずしてしまわないようしっかり手足が固定されていたことも覚えている。

きっと自分は死ぬのだろうと思っていたが、そんなことをどうやって確信できるだろうか。四歳であっても、乱暴に思える動作の下に隠された親切心やその動作がやむを得ないものだったことは感じられたはずだ。想像力が後から物事を劇的に仕立て上げる。ごく短期間の入院を死者たちの国への旅にするのは——皆が身をかがめて可愛がる子供を、衆目にさらされる王のミイラにするのは、想像力なのだ。

＊

エジプトの神々は、動物の頭部をした人間ではなく、仮面をつけた人間なのだ。別世界へ私たちを誘う渡し守や、舞台上で死者を蘇らせる役者のように。

＊

ラ・フォンテーヌが読まれるようになって以来ずっと、われわれは、彼が人間について何を語っているのかを理解しようとしてきた。まるで、作品に登場する動物たちが仮面か、単に名を貸している存在に過ぎないかのように。ラ・フォンテーヌには別の読み方があり、寓話から引き出すべき別の教訓がある。というのも、ラ・フォンテーヌは、人間の知性と一緒にはできないが、一部は確かに似ているある知性のあり方について考えを巡らせ、繰り返し、動物について動物自身のために語っているからだ。

なるほど、彼の寓話に出てくる役者たちは現実の動物ではない上に、別の時代に属している。そのために二重の距離があるといえる。登場する役者たちは、泳いだり飛んだりする動物であると同時に、生きた家紋であり、生命ある文字であり、自然の紋章でもある。しかし、ラ・フォンテーヌはそうした役者からアレゴリーや仮面をつけた人間を作ることに満足していなかった。なぜなら、彼は登場する役者たちの本性をよく知っており、彼らの行動に関心を抱いていたからだ。ちょうどモンテーニュが旅行記や『ジュルナル・デ・サヴァン』誌〔王立科学アカデミーの学芸誌〕を読んでいろいろと調べていたように、ラ・フォンテーヌはビーバーや新大陸について、街路や生存本能について、種の環境への適応や、数々の愛や血に対する嗜好について知っていた。彼はイソップや東洋の物語作者の話を脚色する程度では満足しなかった。彼はエピキュロスやルクレチウス、さらにはイギリスの哲学者たちから物質についての概念を取り入れた——その概念にしたがって、生物の多様性と統一性に注意を向けていたのだ。

『寓話』の序文と同様、第九巻に収められた「ラ・サブリエール夫人への話」は現在でもなお読まれなくてはならないものであり、書かれたとおりに受け止めなくてはならないものである。すなわち、あらゆる点で動物機械論とも人間を他の被造物から隔てる「コギト」とも反対の、反デカルト的な機構として。私は考える、そして自分が考えていることを知っている、というデカルトの主張に対してラ・フォンテーヌは応える。だからといってそれは動物たちが考えないということを少しも意味しない。あるいは少なくとも、動物たちが身体以外の何か——何かわからない以上、名付けることは慎むべきだろう——に従っているわけではない、ということを意味しない。
すべての人間が絶えず行なっている、合理的ではないにしても一見すると自由な無数の判断は、おそらく、人間という種が猟犬や家畜の群れとおなじくらい無分別であることを妨げないだろう。

*

父と母とを殺す〔「とんでもないことをしでかす」、「大罪を犯す」という意味の慣用句でもある〕ことで、両親の信条を追い払うことはできるが、彼らの習慣を払いのけるのにはもっと骨が折れる。神々よりも強力な両親の習慣は、目に見えない心の襞のように繰り返し蘇るのであり、定期的な海の生物の移住が家庭内で起こるのに等しい。なぜだかわからないが、シロナガスクジラは、温水と冷水のあいだの狭い道を進む。ちょうど人間が快楽と必要性とのあいだを進むように。

猫のまなざしに困惑してしまうのは、すぐそばに黒い穴と星々があるかのごとく、きらめく夜の闇にむかって開いたその金色の瞳のせいだけではない。そのまなざしが、私たちをどう見ているか分からないからだ。
猫のまなざしの神秘は、私たち自身のイメージの神秘でもある。

*

今もなお脳の大きさと知性のあいだの相関関係を打ち立てようとするのは、〈白人〉優位という馬鹿げた証明のために頭蓋骨の大きさを測っていた時代の遺産とも言えるが、蟻が牛よりも活動的なだけでなく、牛よりもずっと創意に富んでいるのだということは覚えておくべきだろう。

*

生物の形態に関する最終結論を導き出した人々に、次のことを教えてあげるか、喚起してあげるべきだった。多くのアフリカ社会では、新生児の頭蓋骨を自然な状態のままにはしておかない。美学的あるいは社会学的な動機から、まだ頭蓋骨が柔らかいうちに揉み、平たくし、それから延ばすのだ。つまり、ある人々にとっては自然からの恵みであるものが文化的要素となり、帰属と美しさを表す記号に、村落や地域の他の構成員との類似を示す記号になるのである。

＊

夜の楽しみとなっている動物のドキュメンタリー番組のおかげで、最近、国立狩猟事務局でここ数年イノシシの行動について研究している、ある技師の生活を見ることができた。この特殊な豚は双眼鏡で観察されるのだが、動かないときには至近距離まで接近し、捕まえて送信機を耳につけることもある。この送信機のおかげで、イノシシがどこに移動しても追跡できるのだ。「同伴」の雌のイノシシとその子供たちとの移動であっても、発情期以外は単独で狩猟する雄イノシシの移動であっても。

この技師は、一匹の雌を繰り返しポーリーヌと呼んでいた。実際のところそれがその雌イノシシの名前のようで、説明は少し後に流された。どの雌にも女性名がつけられており、それは「勢子《せこ》」〔狩猟を行う時に山野の野生動物を追い出したり、射手のいる方向に追い込む人〕の祖母の名からとられている。人間の記憶力の弱さが原因で名前の数が減るということはないにしても、名前の数は変わらぬまま、イノシシの数がここ数年来かなり増加しているため、〔祖母の名前だけでは足りず〕まもなく曾祖母の代にまで遡らなくてはならなくなるらしい。

民族誌の物語の影響だろうか。この話は私の関心を引き続け、そして密かに苦笑させた。もし私たちが別の緯度の国に暮らしていれば、動物に名前をつけるこうしたやり方はすぐに詳細に分析され、トーテムや氏族に置き換えられ、死者を蘇らせ祖先を崇拝する方法として理解されることになるだろう。このような単なる実践的な解決策、厳密に言えば、特別な意味を持たない知的活動は、ジャン・ルーシュのガーナに関する書物の一文を思い起こさせる――フランスの森での技師の活動にもただちに当てはまる一文だ。「黒人は自分たちの習慣を理解する必要はない、それを生きているのだから。」

＊

科学的発見と理性礼賛の数世紀を経て、日刊紙の一面を飾る深刻な問題とは次のようなものだ。「火曜日に発表されたドイツの企業主の景況感を示すＩＦＯ業況指数は、一月が一〇三・四ポイントだったのに対して、二月は一〇四・一ポイントに上昇した」(『ル・モンド』紙、二〇〇八年二月二十八日付)。

円環や直線（別の言い方をすれば永劫回帰や進歩）という時間表象に、マトリョーシカ人形のイメージを加えることもできるだろう。

実際のところ、一生という尺度から見て、ある時期が別の時期を打ち消してしまうことなどなく、意識も身体も幼年時代の私的な記憶とその後に続く歳月をとどめている。私たちのさまざまな状態は、途切れない軌跡を残すわけではないにせよ、次々と継起しながら、過去の状態を覆っていくのである。

＊

夢の中でローマにいた。列柱の迷宮に、その後、宮殿のなかに閉じ込められた。宮殿の階段は頑丈な鍵のかかった二重か三重の扉へと続いていた。この宮殿の地下で、私はポンペイないしその遺跡を訪れた。そこで心の声が私にささやきかけた。おかしなことは何もない、私はナポリにもいたのだから。ナポリとローマに同時に。夢はこのようなまやかし《トロンプ・ルイユ》の情景〔décor〕やその罠とうまく折り合いをつけている。ダルマチア海岸〔クロアチア南部〕にある古い町スプリトが、ローマの廃墟に埋め込まれたヴェネツィア建築であるのと同じだ。それは夢の情景を思わせる……

人は写真をとる時、どこを見ているのか、はっきり分かっているのだろうか。

*

二〇〇九年四月のある夜、エレバン〔アルメニアの首都〕の北大通り《ブルヴァール・デュ・ノール》で最初に私が目にしたのは、だまし絵《トロンプ・ルイユ》の描かれた装飾〔décor〕と工事現場だった。できたばかりの幹線道路沿いには——道の広さは商業目的であることと国威とを示していた——新古典主義的なコンクリートの構造が続いていたが、その一部はシートで覆われ、そのシートにこれから建つ未来の建物が描かれていた。ハイパーリアルでありながら幻想的な装飾。そこでは、反転した時間が廃墟となった未来の姿を見せていた。それは、雨風にたなびく屋外の舞台装飾のようだった。絵の描かれた肌色の布は、鉱物の世界に旅芸人の精神を持ち込んだのだ。

ネオンの看板、照明に照らされたウィンドウ、高級ブランド店が、なるほどどこの形而上的といえる都市の景観〔décor〕を仕上げてはいるが、真昼に撮影した映像は未完成のものに対する好みと未来への疑いとを永遠に示し続けている。夢見る未来は布のように軽く、現実はコンクリートのように頑丈な見た目をしているのだ。

以上のことを、カメラが光をとらえるほんの一瞬のうちに私はすっかり見たということなのだろうか。今となっては答えるのは難しいが、確かに言えることは、一枚の映像は、目にしたものよりもずっと複雑で繊細だということだ。というのも、カメラは現実と同時に精神生活を記録するからであり、また、映像と呼ぶに値するものは心の中で現像され続けるからである。そういうわけで、北大通り《ブルヴァール・デュ・ノール》はもはやエレバンだけにあるわけではなく、私にとっては、ミショーが語ったボロ着だらけの都市〔詩篇「反対!」〕や、ボルヘスが語った円環の廃墟〔『伝奇集』所収〕を思い起こさせる。歴史の突風はいたるところで、想像上の場所ですら吹き荒れるのだから。

＊

白内障の手術のせいで色の知覚が乱れてしまったクロード・モネは、世界が白黒に見えないことを残念に思った。

写真が、彼の望みをおおよそ叶えることになった。

＊

ファン・ゴッホにとって、画家が用いる色彩と、さらに色同士のあいだの関係とは、署名と同じくらい雄弁な個人の印だった。「たとえば、きみはフェルメールという画家を知っているかな。非常に美しい、身重のオランダ人女性を描いた画家だ。この変わった画家のパレットは青、レモン・イエロー、パールグレー、黒、白だ……この色の組合せが彼の特徴なのだ。黒、白、灰、ピンクの組合せがベラスケスの特徴であるのと同様に。」

ファン・ゴッホが一人の画家からとりあげるのは色のスペクトルであり、それは紋章に匹敵する。フェルメールの作品において、色は中世の馬上槍試合のように、ひとりの女性をあらわすのだが、ただしそれは、受胎告知のような妊娠した女性である。

＊

聖母マリアの青いマントと黄色い小さな壁。もしこれらの色が私たちの頭の中で大きな存在感を持っているとすれば、それは単に網膜に残り続ける残像のせいではない。その象徴的な価値、あるいはその文学的なオーラのせいで、それらの色は記憶に留められているのだ。

この二色はほとんど変わらぬまま西部劇映画のなかにも見出せる。黄色がリボンの色でもあるジョン・フォードの『黄色いリボン』のように、白人《ヤンキー》の軍服が重要な役割を果たす場合には必ずそうだ。

聖母マリアのマント、オランダの室内、アメリカの騎兵隊のあいだにどのような関係性があるのか。意味作用の観点からすればいかなる関係もない。だが、記憶の（すくなくとも私の記憶の）中では関連性を持っており、一種の視覚的悟りのようなものを引き起こすのだ。それは散漫な注意や純粋な瞑想の喜びに近いものだ。

＊

クイズをひとつ。一四九二年十月十二日、アメリカ大陸発見の日に亡くなった芸術家は誰でしょう？

著名なイタリア美術史家フェデリコ・ゼリは著書『イメージの後ろに』の挿入節でこの問いを提起した。この問いのあと、彼は何ごともなかったかのように自説を再開する。もちろん同じ挿入節の中で、答えはピエロ・デッラ・フランチェスカだとゼリは述べているが、この話からいかなる結論も導き出すことはなく、それどころかコメントも一切残していない。二つの事実の巡り合わせはそれ自体、いかなる結論もない純粋な喜びや夢想であり、偶然というものは確かに存在していて、何の前触れもなく起こることを思い起こさせる。夏に一陣の風が窓から入ってきて、意味づけばかりで重くなった雰囲気を爽やかにするように。

＊

フェデリコ・ゼリは対話篇形式の同書において、古代ローマ人は白と黒をあらわす言葉をそれぞれ二語もっていたと述べている。きらきらと輝く雪の白さには candidus が、不透明な卵の白味には albus が用いられた。つややかな石の黒さには niger が、つやのない炭や、反響のない冥府には alter が用いられた。

こうした例はいくらでも挙げることができただろうし、さまざまな文明からそうした例をとりあげることもできたであろう。たとえば、日本語の「青い」が青色と緑色を指すことや、化学者のシュヴルールが色調《トーン》を九百五十三に分けたこと。さらにそれらの色調は、シュヴルールが詩的な言い回しで「音楽的色合い《ニュアンス》」と呼んだものの中で、ひとつの軸を中心に構成されたものであること。大切なのは、色彩の知覚には客観的なものは何一つなく、自然なものもほとんどないということだ。すぐに忘れてしまいがちだが、嗅覚と同様、視覚もまた教育されるものなのだ。

肉眼では、本当の意味での裸の眼では私たちにはほとんど何も見えていない。私たちは、明文化されてはいないものの、あらゆる文化がそれぞれの仕方で限りなく洗練させてきた複雑な統辞法にしたがって、現実を切り取り、暴露し、変形し、配分するようなフレーム、眼鏡、レンズ、スクリーンというものに慣れてしまっているのだ。

*

広大なハンガリー平原を通ってブダペストからトカイ〔ハンガリー北東部〕に向かう場合、エゲルに立ち寄るべきだ。少なくとも、「牡牛の血」と称されるワイン、ビカヴェールを味わうために。高い所なので眩暈がしなければの話だが、エゲルのバロック宮殿のひとつであるリセウム〔十八世紀後半に建てられた教育施設〕の十階まで上ってみてもよいだろう。そこには図書館や天文台以外に、本物のカメラ・オブスキュラがある。屋根裏の小さな部屋に入り、背後のドアを閉めると真っ暗になる。そこで、厳密な角度で傾斜を設けた鏡の効果によって十階下で何も気づかずに往来する通行人の姿をとらえることができる。

一七七六年に製作されたこの素晴らしい技術を手放しで賞賛することもできるし、現在から見て最初の監視カメラの誕生をそこに見てぞっとすることもできる。

神の概念を変容させ純粋に光学的な現象にまでしてしまったこの科学と魔術の交差は、十八世紀の展望を大きく広げたある想像上の旅の中ですでに予示されていた。一七六〇年、ティフェーニュ・ド・ラ・ロシュはエゲルの町にあるカメラ・オブスキュラに似た鏡の配置について記述していた。だが、この装置は地球規模のものであり、すべてを見ることを可能にするもので、今日の「グーグル・アース」に近いものだ。このユートピア譚のなかで、語り手はジファンティーの長《おさ》に案内されて、鏡の前に連れてこられ、彼からその使用法について説明を受けている。

「このままでは聞こえてくるものを想像するしかないが、その棒とこの鏡を使えば、聴きながら見ることができる。出来事はなんでも手にとるようにわかるだろう。

地球の大気のあちこちに、ある種の空気のかたまりがある。これは、異なった場所の反射光をうまく受け取れるように精霊たちが配置した空気であり、そこからさらにおまえがもっている鏡に光が届くのだ。鏡の向きを変えれば、地球上の異なった場所が見える。球面をあらゆる角度に傾けてゆけば、地球全体を順番に見ることができるし、人間の暮らしについて思う存分観察できるわけだ。」

＊

肖像画は生命を持ち始める。エドガー・ポーの『楕円形の肖像』から、マラルメがインドの説話から翻案した『魔法の肖像画』、そしてオスカー・ワイルドの『ドリアン・グレイの肖像』に至るまで、この主題は十九世紀の幻想文学において、また象徴詩においてきわめて重要なものである。
肖像画に対する新たな強迫観念——それは想像力が挑む対象であると同時に不安の原因でもある——が生まれたのが、写真が発展し、写真的リアリズムの勝利がうたわれ、画家が写真と公明正大ではない競合関係にあった時期と重なることは、指摘しないわけにはいかない。完璧な類似が達成され、芸術が現実をそっくり複製できるならば、それまで古典芸術が完全には混同しないよう注意を払ってきた死者と生者との関係は、不気味なものへと、つまりアルカイックな恐怖を呼び起こす不安の源泉へと変容することになる。

本当のことを言えば、映画がこの生き写しの芸術を生み出すことになるのだ。それも、いつものごとくまったく予期せぬ仕方で。前の時代が抱いていた幻想に生命を与えたのは、おおよそ粗雑なトリック撮影を用いていくらかうまく作られた幻想文学の映像化によってではなく、スターに対する崇拝、スターの人工的な外観、さらには、永劫不滅に思える彼らの美しさによってである。その美しさは生きているような肖像画に変わる。ある時期以降、グレタ・ガルボ、ジーン・ティアニー、マレーネ・ディートリッヒ、マリリン・モンローはもはや彼女たち自身ではなくなり、メイクアップ、ヘアメイク、美容整形の力で加工され、リタッチされ、永遠に様式化されたイメージになってしまった。そのようなイメージであり続けるにせよ、本来の自分自身に戻るにせよ、彼女たちには孤独という隠れ家に逃避するか、あるいは、自殺の衝動に脅かされることなく狂気に陥るしか道は残されていない。

ある女性が別の女性に、そして、その女性にとりついている肖像画の曽祖母にまで似ようとする。すべてが二重であるシナリオに要請され、幻想にも生き写しにもなる女優。それこそが『めまい』の主題である。鑑賞者は（ある女性と別の女性との、絵画と映画との、死者と生者との）類似が引き起こす眩暈の感覚に巻き込まれ、この映画はヒッチコック作品のなかでもっとも成功したものの一つとなった。というのも、この類似という主題の巧妙さは、数多くの細部のなかに視覚的に表れており、また、その巧妙さが推理小説の筋にある種の深みと背景を与えているからだ。そのために眩暈は形而上的なものになっている。

＊

肖像画が命をもつというアイデアはフリッツ・ラングの『飾窓の女』という別の傑作を生み出した。だが、ラングの映画の場合は長い夢物語である。女性の肖像画は飾窓に陳列されており、その飾窓のおかげで、この悩まし気な女の絵が現実の女性となりうるのだが、そんなことが起こるのは、この絵がまずぼんやりした無意識の中に消え去る限りにおいてである。

『トリスタンとイズー』のもっとも創造的な挿話のひとつでは、物語が読者に対して偽りの愛を生み出すデジャヴの感覚を伝え、肉欲とイメージとの葛藤を読者に感じさせる。ある女性が別の女性の生気を失った反映でしかない場合、イメージの力のほうが現実の女性よりも勝ることになる。

*

マルク王によって流刑に処されたトリスタンは、金髪のイズーから遠く離れることになるが、彼女によく似た白い手のイズーに出会う。トリスタンはついにこの白い手のイズーと結婚することになるが、初夜に氷よりも冷たい態度をとってしまう。それ以後の夜もまた愉快なものではなかった。この美しきイズーは、残念なことに二番目のイズーであり、彼女自身が愛されているわけではないので「処女のまま夫の横で眠っていた。」

金髪のイズーのことを思うとトリスタンは冷静になり、一種の個人的な聖域、世俗的なチャペルを建立することになる。それは森の奥深くにある洞窟のなかに整備された「彫像《イメージ》の部屋」で、お香、没薬、バラの匂いが立ち込め、扉を開ければ奇跡的ともいえる音楽が鳴り響く。金髪のイズーのイメージは生きた白い手のイズーよりも鮮やかで、魅力的であった。肖像画の婦人にトリスタンが接吻する姿を目撃したカエルダンもまたこの肖像の魅力にやられてしまう。「カエルダンは、彫像が動き出し言葉を話すのだと思いこむや、すぐにその魅力にとりつかれた。」

このエピソードにはすでに『めまい』の装置が見出せる。しかし、中世の小説においては（ダンテの『新生』においてと同様）生き写しのイメージが情熱をかきたて続けるのに対して、映画と探偵小説においては、生き写しのイメージは犯罪を偽装するのに一役買うのだ。

*

トリスタンは物語が進行しているあいだ、ずっとその容貌を変え続けている。狂人、物乞い、ハンセン病患者へと変容するトリスタンは、金髪のイズーの眼差し（現実の王妃、あるいは彼女に瓜二つの人物、あるいは彼女のイメージ）に自分の姿を映すことで、本当のトリスタンに戻ることができる。

彼の扮装の技術たるや、最後にマルク王の城を訪れたときに誰一人彼に気づかなかったほどで、イズーですらトリスタンかどうかの証拠を求めた。ただ彼の犬だけが、オデュッセウスがイタケー島へ帰還した時の犬のようにすぐに大喜びした。

ギリシャからイギリスまで、コーカサスからアイスランドまで、偉大な物語には、変身や移住、浮遊する大陸のような緩やかな漂流が含まれている。しかし、書かれた証拠がない以上、源泉や影響関係について即断してはならない。歴史家が教えてくれているのは、同時代の二つの事実が必ずしも関係を持っているわけではなく、二つの連続する事実が必ずしも因果関係にあるわけではないということだ。

*

もうひとつ別の「図像《イメージ》の部屋」は、そうとは呼ばれていないが、『不思議の国のアリス』の冒頭に現れる。この作品は当初『地下の国のアリス』というタイトルだった。つまり地下の恐ろしい世界から空想の国の数々の驚異へ、地獄から天国へ、生まれる前の生からその後の世界へ、移行があったということになる。

覚えているだろう、アリスの姉が「挿絵もなければ会話もない」面白くない本を読んでいた時、ピンクの目をした白ウサギが目の前に現れて、退屈していたアリスの気を惹きつけるところからすべては始まる。ウサギのあとを追いかけていったアリスは、底なしに見える井戸の中に落ちていく。目を覚ますと暗い部屋にいたアリスは、妙薬のせいで体が小さくなったり大きくなったりしながら、ついに一筋の光を見つけ、人が足を踏み込めない庭を垣間見ることになる。

この冒険の始まりには、明確に写真と関係するものは何もないが、類似が分かれば、すぐに写真との関係は納得できる。まず、アリスが落ちた垂直の煙突状の穴の中は完全な暗闇ではなく、目が暗さに慣れれば、絵や地図などさっきまでいた世界のさまざまな表象を認めることができる。

しかし、このような伝統的な表象世界は、まもなく本当の暗室に、「低い天井から一列にさがったランプに照らされた細長い部屋」にとってかわられる。身体のサイズの変わったアリスは「望遠鏡のように」これまでの自分を振り返り、自分が流した涙に溺れる。その涙は現像液に近い池となる。

ルイス・キャロルがこの冒険を思いつく前にすでにアリスを写真に収めていたことは忘れてはなるまい。アリスは彼のアトリエを裸で走っていて、その姿が写真映像として残されていることも。その後、ルイス・キャロルは一八六二年七月四日にボートに乗って散策に出かける。あの記念すべき「黄金の夏」の午後に、彼はオクスフォードを流れる川でボートを漕ぎながら物語を思いついたのだった。レンズ、ガラス、望遠鏡のおかげでルイス・キャロルは自分の幻想に適切な距離を置くことができたのであり、幼少期を終えた若い女友達が思春期に入り永遠にルイス・キャロルの世界から離れていった時、彼が肉欲に屈さなかったのも、それらのおかげなのだろう。

*

技術が行うことは、おそらく神話を現実化することでしかない。だが写真に関して言えば、二つの古い物語が写真の起源をめぐって争っている。プラトンの洞窟と聖ヴェロニカの聖骸布である。この二つの参照項は十九世紀以降、写真の起源に関するクリシェ〔「決まり文句」の他に「ネガ」という意味もある〕にまでなっているほどだ。

しかし、暗室が使われなくなり、ひとつの時代が終わったのだ。洞窟の時代が。デジタル画像とともに、別の時代が始まり聖ヴェロニカが勝利する。別の言い方をすれば、暗闇のなかでいかなる逗留地を経由することもないイメージ、現像までの潜伏期間を経るのでも、忘却と復活を仲介するのでもない、痕跡によるあるいは接触によるイメージが。イメージが宿る場所はもはや墓場ではなくヴェールとなったのだ。

同時に写真の歴史は、自覚のないあらゆる未開人〔＝デジタル写真を使わない写真家〕を、それ以前の時代、過ぎ去った時代へと締め出したのだ。ボードレールは意図することなく、そうした未開人の到来を予言していた。

＊

ヴィクトル・ユゴーのデッサンにあらわれるレース模様、キュビスム絵画における色の塗られた紙片《パピエ》、マックス・エルンストの幻想的な森にあるフロッタージュされた木目。確信をもって因果関係を確立することはできないが、写真の出現以来、さまざまな芸術家において、もはや単に題材《モチーフ》を写生するのではなく、カーボン紙による転写、切り抜き、拓本取り、ステンシルといった技法を駆使して題材を作品そのものの中に挿入しようとする傾向が強くなった。

実を言えば、こうした実践は芸術のはじまりと同じくらい古いものであり、先史時代の「手形」にまで遡るのだ。近代は、例えば裸体からモノクロームの人型を残したイヴ・クラインの作品とともに、この種の芸術を発明したと思い込んでいるが、実際にはそれを更新し、延命しているに過ぎないのである。

*

中国のおかげで私は石が好きになった。まず、西欧で「夢の石」と呼ばれている一目で自然から浮かび上がっているのがわかる雲南省の大理石。この大理石は世界中の古物商でいまもなお見つけられる。四つずつ縦に並べられ、どの採掘場所で採られたか記述が添えられているが、その文章は季節の流れを喚起するポエジーを湛えている。芸術と人間の努力とは無関係とでも言うように、人間の手による加工はほとんどない。山腹から採取されたサンプルには、山全体がその連なりや巨大さとともにその姿を表しており、ひとつの模様を選びさえすれば、それが瞑想の対象となると同時に、美的な喜びを生み出してもくれる。

あちこち工事中だった上海の街は、数々の高層ビルのせいでシロアリの巣のようだったが、その高層ビル群の真ん中にある古物商で見つけた大理石の一つだけが、新しく大胆で巨大な上海の街に対して必然的な対位的モチーフとなっており、古くから中国が無限大や無限小と結んできた関係をそっくり保っていた。こうした関係性はさまざまな次元や質において存在し、それが絶えざる変容を生み出している。そのおかげで、世界は私たちの前に存在し続けているのだ。

このことは、幻想的な風景を織りなすカーネリアンや碧玉といった凹凸のある石を前にすれば確信できる。それらの石は輪郭とマッチした台座の上に置かれ、水の作用や、砂や風による浸食、酸化物による緩慢な着色、ゲル〔土壌の非晶質部分〕の生き生きとした痕跡を示しており、建築が独自の仕方で、時間よりもなお暴力的な干渉となお重苦しい意図によって生み出し続ける底知れぬ困惑のなかに私たちを陥れるのだ。

*

東京の建築の美しさに魅了され、上海の沸き立つような街の様子に茫然となる時、モダニズムの控えめな努力にもかかわらず、パリがどれほど十九世紀の首都であったかが理解できる。パリは一国の首都である以上に、一時代の首都であると述べたヴァルター・ベンヤミンの言葉は文字通りに受け止めなくてはならない。

車や衣服に関しては、何も変わっていないか大きな変化はない。大通り、パサージュ、オペラ座、鉄の建築、万博など、パリは『悪の華』の頃の大工事とともに現在の姿をあらわした。微妙な色調の「鳩の喉元」色の空ですら、また、連続する橋ですら画家たちが描く世界に属し、絶えず変わり続ける光は画家たちが絵具を混ぜ合わせて作る不安定な色調そのものである。生き生きとした美しいパリの現在は開発される前の煌びやかな時代に始まり、その魅力をそっくり保ちながら輝きを失っていったのだ。

別の土地（まずニューヨーク、それからアジア）で形作られる時代精神とのギャップは、いくつかの建築の失敗（バスティーユのオペラ座、フロン・ド・セーヌ〔十五区のセーヌ川沿いにある超高層ビル群〕、国立図書館）を見れば明らかであり、エコロジストたちの抗議はその憂慮すべき兆候である。というのも、場所の保存や衛生環境の保護の背後に隠れているのは、政治的に見てそうとは明示されないだけに油断ならない、ある種の保守主義である。未来に対する絶えることのないこの不安を他にどう呼べるだろうか。何もかもそのままの状態でとっておきたいというワガママな子供の逃げ腰を他にどう呼ぶべきだろうか。すべての目録を作成しておきたいなら、そして、歴史を否定してあらゆるものを保存しておきたいならば、ついには発展を否定し、知らぬまにダーウィンの敵対者に、つまりいくらか怪しげな福音主義的宗派の信者となり、神のいない宗教に影響を受けた、創造主無しの奇妙な創造説を擁護する立場を支持することになる。

＊

動物がいることが当たり前のインドから帰ってくると（水牛は守護天使を伴っており、白い鳥たちがその背中で餌を食べていた。そればかりか、いたずら好きの猿、行進する熊、体を立ち上げたコブラがおり、上空にはわれわれがこれから遺体になるのを待ち構えているハゲワシがいたが、孔雀たちを目にすると思わず楽園に来たのだと思ってしまう）、自分の街では動物はどうなったのかとふと疑問に思う。家の戸口に雌牛がいる家などもはやなく、一体どのような政令によって、あるいはどんな狂気のために、動物たちは追い払われてしまったのか、あるいは、おそらく誰も抗議することなく抹殺されてしまったのかと考える。

二、三日もすれば街に慣れてしまい、我が家にすっかりと腰を落ち着け、よくある犬の糞を仕方なくまた受け入れることになる。

*

自然界においても、殺し方は学ばなくてはならない。

母親からはぐれた幼いチータたちはなるほど動物を追い回すことはできるが（おとりの餌の後を走らせることもできるのだから）、獲物に追いついたあとは完全に途方にくれてしまう。さっと爪で相手を引っ掻くことも、噛みついて殺してしまうことも急にはできないからだ。

＊

〈ディスパラテス *Disparates*〉

常軌を逸した行動、純然たる愚かさ、さらにはドン・キホーテの奇行を意味するこのスペイン語は、ゴヤが最後の版画シリーズにつけたタイトルであり、一八二四年にフランスに旅立った時、有名な「聾者の家 *Quinta del sordo*」〔マドリード郊外に購入した別荘の通称〕に残した作品群である。これらの作品はばらばらに発表されたが、中には彼の死後しばらく経ってから発表されたものもあった。この版画シリーズは《気まぐれ》における奔放な空想と《戦争の惨禍》の残酷さ〔いずれもゴヤの版画シリーズ〕とを合わせもつ見事なもので、夜の深さに関する人間のもっとも並外れた夢想が展開されている。当時ゴヤはほとんど視力を失っていたが、熟達した腕は健在で画家のヴィジョンを刻みつけることができた。ゴヤのインスピレーションはまったく衰えておらず、彼の頭にとりついて離れないさまざまな形象に導かれていた。ゴヤはそれらの形象を、もっとも人間的な画家の手によるものとは思えない悪魔的と言える正確さで再現したのである。無秩序と残酷さが永遠の喧騒を生み出す。それは愚者や巨人、体を袋に包まれた者たち、綱渡りする馬に乗った曲馬師らのまなざしにさらされた私たちの動作が、意に反して生み出すカーニヴァルだ。だがこの版画のシリーズを本当の意味で魅力的なものにしているのは、見事な技巧によって描かれた想像上の世界に、人が自分の姿を必ず認めてしまう点にある。支離滅裂な光景だけでできた作品であるにもかかわらず、それが別世界だなどとは決して思わせないほどだ。理性と狂気のあいだの曖昧な美を、両者のつかの間の均衡を生み出すことができるのは、ただ私たちの世界だけなのだ。

〈ディスパラット *Disparates*〉

フランス語の同じ言葉が――語源的に言えば、人生そのものや日々の会話のように不揃いなもの、非対称なもの、不規則なもの、綻びのあるものを想起させる――軽蔑的な意味をもたないとすれば、この言葉は、自由に飛翔し、とんぼ返りをし、思いがけない形をつなぎ合わせ、良いと思うときに着地する私たちの思考のように、十分にアクロバティックな力をもつことになる。この言葉には、二つに区分できないもの、ユニゾンで歌わないもの、前もって決められた調和には当てはまらないものが含まれており、スペイン語のほうがフランス語よりも的確に、この言葉がもつ陰鬱さだけでなく、生き生きした、通俗的な、喜びにあふれる側面を捉えている。

＊

『創世記』第六章〔実際には第七章〕で神は世のすべてを殲滅することを夢見たのち、悪から解放された世界、あらゆる存在が二つのグループ、それどころか雌雄のカップルに分けられるような秩序立った世界を救うことに決めた。奇妙な考えだが、堕落、不毛な愛、奇形の誕生から免れているものだけが生きる世界が救われるのだ。それは生まれ変わった人類、非の打ち所のない共同体という有害な夢想であり、やがてユートピア的社会主義や、あらゆる純潔を求める夢のモデルとなる。そうした夢は必ず災厄へと沈み込んでいくのだが。

正確を期すなら次のように言っておかねばなるまい。あらゆる種の動物がノアの箱船の中に四十日間閉じこもった後に、ゆっくりと大洪水の水が減って元の状態に戻った時、ヤハウェは心の中で自分に誓ったのだった。「今後ふたたび人間のゆえに地を呪うことはしまい。悪は子供の頃からすでに人間の心に宿っているのだから。また、今度のように、すべての生命あるものを滅ぼすことも、ふたたびすまい。」

大洪水の話を思い出すとき、この結末は忘れられがちで、最終的に被造物をあるがままのかたちで受け入れることにした聖書の神の叡智は思い起こされない。だが、自らを復讐者としての神だと考える思い上がった人間は、神話を現実の歴史にしてしまい、同じ経験を何度も何度も繰り返してきたのだ。

*

「知性とはひとつの偶発事《アクシデント》であり、天才とは災厄である。健康、均衡、公正、節度、秩序が画一的で支配的であるような社会、災厄など起こりえず、ごく稀にしか偶発事が起こらないような社会など決して夢見てはならない。人間の知性とは、間違いなく、私たちが素朴に悪と呼んでいるものの帰結なのだ。もし人間の知性が人や物をむすぶ数々の糸のなかに切れ目や結び目を作り出さないのであれば、また、もし感情が必ず目的を果たすことができるのであれば、人間は今よりももっと強く美しい存在となっており、人間の住まう家はシロアリの巣のように完璧なものとなっているはずだ。ただその場合、世界は存在していないだろう」(レミ・ド・グールモン『ビロードの道』、一九〇四年)。

*

ある結晶学者がテレビで言っていた。「完璧なものからは何も学べない。不完全なものだけが、結晶の形成について教えてくれる。」

*

日本美術のなかで好きなのは、斜めのものや奇数のものに対する変わらぬ愛着で、それは生活術のなかに、また装飾芸術のなかに見出せる。道や織物の模様、石の配置に見出せる。

結果として得られるのは、あらかじめ約束されたものではない調和《ハーモニー》であり、その振動は一様ではない諸力の働きを生み出す。それは時のふるえであり、美学の領域に持ち込まれたひとつの感覚作用である。それゆえにおそらく、装飾と呼ばれているものと、メジャーだと考えられている諸芸術とのあいだに序列が存在していないのだろう。というのも、さまざまな形の起源に同様の着想があるからだ。尾形乾山の陶器、菊の模様や格子縞の着物、生け花の三本の役枝、俳句の奇数拍。作庭術と同様に書道においても、巧みな非対称性は、伝統に根ざしながらも墨縄もコンパスも必要としない自由な動きを示しており、そのために均衡を壊すことはない。

*

中国語で文《ウエン》、日本語で文《ぶん》と発音するこの文字は、文字そのもの（我々が不当にも表意文字と呼ぶもの）を意味するだけでなく、文章や文字体系《エクリチユール》全体を意味する。つまり、西欧が最終的に「文化」と呼ぶところの「文人」の知を意味するのだ。

「文、それは諸学のことだ」、教養人《オネツトム》という言葉が用いられていた時代にフュルティエールはそう書いた。

レヴィ＝ストロースにとって神話とは、他のヴァージョンよりも純粋でより意味のある原初のヴァージョンが存在するような物語＝歴史ではない。神話とは、ひとつの筋《プロット》とその複数のバリエーション、ひとつの話とそれがさまざまに枝分かれしたものなのだ。

一族の物語＝歴史もまたそうだ、とりわけ口承の場合には、さらに、隠しておくことも明るみに出すこともできない秘密が根底にある場合にはなおさらそうだ。

子供は親族関係の図を組み立てようとしたり、年表を作ろうとしたり、さらには自分に向けて語られたわけでないのに、大人の女性たちがいる中で遊んでいるときにふと耳にした会話や内緒話の断片から儀礼や姻戚関係などを理解しようとするのであり、そうである以上、自覚していない民族誌学者だといえる。その研究対象は空間的に隔たった部族ではなく、時間の中で遠ざかる部族であり、子供は系譜を伸ばしていくことで少しずつその部族のことを理解していくのだ。

*

私も系譜についてあれこれ考える子供だった。さまざまに線を交差させたり、結び合せたりしたものだ。私は籠を編んだり、衣服を編んだりするのが好きだった。いくつもの籠を編み、編み物ではガーター編み、ジャージー編み、鹿の子編み、減らし目を覚えた。その後、読み書きを習得したが、やることは変わっても方法は変わらなかった。

＊

天使が二人に分かれ、何組も双子を生み出す。ただしその双子は似ているわけではない。私の中にこのイメージが常にある。空想が許すかぎり家族史を神話へと変容させ、そのたびにこのイメージも繰り返される。

父方に関しては、祖父母より昔にはさかのぼれず、さらに言えば、祖父の身元はわからない。母方の家系は曾祖父母までしかさかのぼれない。それより以前となると、真相は霧のなかだ。見知らぬ人が住む別世界の入り口をどれだけ探しても見つからない昔話のように。

＊

父が亡くなった翌日から、それまでと同じようには父の写真を見られなくなった。身分証明書や定期券、戦争捕虜証明書など父が財布にいれていた写真はとくにそうだ。時間の隔たりはあるものの、写真に映った固い表情は晩年の輝きのない眼差しを思い起こさせた。よく知っているはずなのにもはやはっきりとはしなくなった私の顔に、なお見覚えのある姿を探し求めていたあの晩年の眼差しを。

＊

スポーツでは囲まれた場所で二つのチームが対決するが、これは生者と死者の闘いを再現しているように私には思える。

目覚めるとこんな考えが浮かんだ私は、戦争、球技、供儀が互いに密接に結びついていた古代アステカ文明の人々に助けを求めたり、サーカスの出し物や古代の戦闘について考えを巡らせたりした。だが、空想と日の光のあいだのグレーゾーンで生まれたこの仮説を突然支持できなくなり、思考という動く砂のなかにこの仮説も沈んでいったのだった。

＊

ある女優が自分の夢について残したコメントは、楽しくなるほど素朴なものであり、意味の探求にはいくらか遊戯的な部分がないかぎり専制的なものになりうることを表している。「長い間、夢は何も意味していないと思っていました。その後、ある日、私は一冊の本を読んだのです……

それ以来、私は自分の夢がつねに何らかの意味をもつよう心がけています……ある晩、斜視になる夢を見ました。その翌日……自分の夢に従わなくてはならないと思った私は、一日中、斜視でいました。」

＊

南極と火星という、何百万キロも離れた場所で氷塊の調査がほとんど同時に行われている。南極付近では、深層から取り出された「氷床コア」〔古い時代の気候や環境を調査するために氷河や氷床から取り出された氷の試料〕に含まれる古い時代の気泡を調べていて、これを調べれば時代を遡ることが、あるいはむしろ、時の深淵の中に落ち込んでいくことが可能となり、諸時代を通じて排出された二酸化炭素の量を測定し、地球が滅亡へと向かうことを証明することができる。

火星では、地表下に保存されているとても古い時代の氷塊があるので、そこで古いバクテリアを調査することができる。かつて存在していたバクテリアは私たちを生命の起源へと接近させてくれるのだ。

二つの顔が同時に未来と過去のほうを向いているヤヌスのように、私たちは砂漠や極寒の地域で始まりと終わりの証拠を探し求め、太古からの恐怖を払拭するか、あるいはそうした恐怖をふたたび呼び起こそうとしているのだ。そうしながら私たちは確認する、（社会生活も言語活動も人類を定義づけるのには十分でない以上）気泡を採取し、そこから何らかの帰結を導きだす力を持っているのはただ人類だけだということを。

＊

空気はいつでも不安の種だった。かつては、乾燥や湿度の高さ、汚染、瘴気やペスト菌を含んでいることが懸念され、汚染された井戸と同じくらい危険であると心配された。今日、懸念されているのは粒子状で残り続ける化学残留物、ニューロンを破壊する電波である。かつてのペストや肺炎のように、大気は癌性物質を運んでくるのだ。質の良し悪しを測定することも移動を追うことも難しく、不可視で捉えがたい変化しやすい物質であるだけに、空気は拡散性の高い脅威である。生命にとって不可欠なものである空気が死への恐怖に突然変わりうるだけにその脅威はずっと私たちにつきまとう。

澄んだ空気は強迫観念のごとく繰り返され、療養やサナトリウムとともに、二十世紀は澄んだ空気に関する歴史的痕跡を残してきた。トーマス・マンの記念碑的な文学作品『魔の山』もそこに加えることができる。その時代、結核と闘うことは栄光を掴むことを意味していた。

*

ペストが空気感染するかどうか長い間はっきりしなかったので、一八九四年にペスト菌が発見されるまでは、アロマを焚いたり、香料を散布したりすることで空気を浄化していた。アドリアン・プルースト医師（マルセル・プルーストの父親）は、一八九七年ヴェネツィアでの国際会議での講演「ヨーロッパのペスト防御策」において、この信仰と方法を喧伝した。彼は極めて優れた臨床医として、古代においては知られていなかった病気に関する可能な限り完全な歴史的見取図を作成した。教養豊かなアドリアン・プルーストはヘブライ語の聖書とヴルガータ〔標準ラテン語〕聖書とを比較することで、「ペリシテ人のペスト」の話をより深く理解し、この話を主題にしたプッサンの絵画にネズミ（横痃《おうげん》〔鼠径部リンパ節の腫れ〕と同じく、ペストであることを確実に識別するための要素）が描かれていることを二度報告している。

出版社からは「医師・衛生学者」と紹介されていたプルースト医師は三十年以上にわたって主にペストやコレラに関する国際会議に参加し、衛生管理、消毒、「防疫線」の設置によって広範囲にわたる疫病の蔓延を阻止することに尽力してきた。しかし、彼の著作の参考文献には、それ以前にはほとんど関心を持たれていなかった伝染病に関する希少な研究が並んでいる。銅の鋳物師がかかる塵肺、硫酸キニーネ〔マラリアの特効薬〕の製造工場で働く労働者の皮膚の発疹、オイルライターの芯を製造する労働者に見られる中毒、カメオの研磨技師に見られる鉛中毒、さらには神経組織に対する磁石の影響などがそうだ。

彼の息子も、分析能力はもちろんのこと、極めて瑣末な現象に対する注意力まで、親譲りのものを持っていた。父親にとっては研究対象であったある種の疾患を、息子のほうはいわば身をもって体験し、さらに言えば自分のものとして内面化したのだった。それは息子にとって世界との関係の結び方となったのだ。つまり、父親は客観的な知識のおかげでその疾患から距離を置くことができたが、息子はそれを文学へと昇華させたのである。

プルーストの偉大さは、自らの不適切な部分、恐怖心、嫌悪感、人付き合いへの不安を比類なき感受性によって、世界を認識する手段にまで高めたことである。彼はある苦悩の材料を、自らの才能の一部にしたてあげたのだ。

プルーストと比べれば、セリーヌの偏狭さがもっとよく分かる。彼もまた衛生への関心と伝染への恐怖に取り憑かれていた。そのことは彼の反ユダヤ主義の攻撃文書《パンフレ》や小説だけでなく、彼が提出した医学博士論文にも表れている。ただし、セリーヌは予防策が必要だと考えて、一挙に憎しみや殲滅願望の方へ、社会における人種主義の方へと向かったのだ。そのことは彼のすべての著作に何らかのかたちで影響している。善良な読者から賞賛の声があがるのは不思議に思える。

というのも、かの有名な「小さな音楽」（ヴァントゥイユのソナタの洗練とは程遠い代物だ）も、厭世的と言われる嘆きをかき消すことはなく、そのような嘆きを喧しく単調に生み出しているのだから〔セリーヌはあるインタビューで自分の作品を「文体に導入された小さな音楽」であり「物語は付随的なものだ」と述べた〕。

*

セリーヌを擁護する（擁護しがたい者を擁護する）ために用いられる最近の論拠は、彼は誰のことも密告しなかったというものだ。ユダヤ人の殲滅が行われていたまさにその時に、彼は殲滅に対する願望をほとんど持たなかったし、「ユダ公《ユートル》デスノス」を誹謗することに無頓着だったというわけだ。

だとすれば、作家とは無責任な人間、自分の発言をよく理解していない人間ということになり、文学全体が紙屑でしかないことになる。

*

一九四〇年十一月五日、セリーヌはパリのサンテ刑務所の所長宛てに次のような手紙を書いている。

「ご存知かとは思いますが、私は現在ニグロのハイチ人とその妻が占めているブゾン（セーヌ・エ・ワズ県）の無料診療所の医師のポストを所望いたしました。この外国人のニグロは普通ならハイチに送り返されるべき人間です――現行の新しい法律に従うならば。」しかしセリーヌが望んだようにすぐにこのハイチ人が追い出されることはなかった。だからセリーヌは手紙のなかでフリーメーソンの市長のことを告発した。

十年後の一九五〇年二月、セリーヌは友人のダラニエスに宛てた手紙のなかで、自分に都合のよい説明を行なっている。

「無料診療所に医師がいないのだよ！〔……〕正規医師であるはずのホガース医師は外国人のニグロ――ハイチ人――で、ハイチ共和国は一九四〇年にドイツに宣戦布告してしまった！　そのためホガースは私が赴く前にみずから進んで診療所を去ったのだ……」

こうして、無償で献身的に働く慈善家の医師、貧しい人たちのための医師などという伝説がセリーヌの追従者たちによって広められ、それを素朴に信じる人たちによって語り継がれていったのだろう。

*

セリーヌとは別の夜、別の旅の経験〔セリーヌの『夜の果ての旅』を踏まえた表現〕がヴァージニア・ウルフに慎重な言葉遣いで次のような賞賛を語らせた。「語られている言葉の意味に耳を貸してはならない、この冷淡で暗鬱な音楽、遠慮と傲慢と限りない廉潔に満ちた音楽から、悪人よりも善人であることのほうがどれほど望ましいかということや、誠実さが正直や勇気と同様、人に良い影響を及ぼすというたメッセージを聞き分けたりしないためにも。だが、一見したところコンラッドの頭にあるのはもっぱら航海の夜の美しさを私たちに示すことだけだ。」

コンラッドの作品には空疎な慰めなどないし、ヴァージニアが言うような善良な感情も表されていない。良き船乗りであるコンラッドは、力強くしっかりした声であれば十分人の耳に届くことを知っていた。想像力が常軌を逸することなく大胆に冒険できることも、怖気づいたり諦めたりすればすべてが水泡に帰すことも彼は知っていた。良き船長であるコンラッドは、泣き言を言う連中を風が黙らせることを知っていたし、嵐が反抗的な連中をおとなしくさせることも知っていた。良き作家であるコンラッドは才能と巧妙な文体とは混同できないことを知っていたし、荒れ狂う自然の力を前にすれば呪詛の言葉など無力だということを知っていた。

＊

私たちが近づこうとすると飛び去っていく鳥の様子を見るかぎり、鳥たちが世界の歴史を、虐殺や連続殺人犯や騙し討ちを、風の便りで知っているのではないかと思ってしまう。

私たちから目を背ける動物たちを前にすると、恥ずかしさを覚えてしまうことがある。

＊

転倒した世界（上下、善悪、悪魔と天使）は、中世の想像力のあちこちに見出せるテーマである。それは彼岸の約束よりも率直な笑いが尊重される世界だ。カーニヴァルが示す裏側の世界や、良識の否定は、今日では科学ニュースに見出せるが、そこには笑いの解放もなければ、慰めとなる別の世界への希望もない。

チンパンジーはいくつかの理由で絶滅の危機にあり、研究者や観光客が近づきすぎる場所では、人間との接触のせいで細気管支炎や肺炎にかかる脅威にさらされていることが最近分かった。だから科学者や行楽客はマスクを着用すべきなのだ、ウィルスから身を守るためではなく、猿たちに病気を伝染さないために。

＊

十年間で一億三千万ドルの報酬で契約をしたアメフト選手のマイケル・ヴィックは、最近、闘犬賭博を理由に警察に逮捕された。

＊

もし私が若い歴史家なら、二十世紀のスタジアムの歴史について本を書くだろう――失業者が大金持ちを応援する神なき大聖堂の歴史を。そこには熱狂と鎮圧の歴史、躍動する大衆の動きと流血の歴史が描かれることになるだろう。スタジアムという場所は（熱狂、トランス状態、愉快であり野蛮でもある集団的歓喜、さらにはイカサマ、ドーピング、暴力、不正など）あらゆることが許されている囲われた聖域だが、ついにその聖域に現実世界が壁をやぶって波のように押し寄せてくる。つまり、人間の下劣さを超越するスポーツの理想という絶えず主張される誤った考えを踏みにじり、そうした考えに対して復讐を遂げる歴史を書くのだ。

＊

自転車競技を愛していた私の父が六日間レース〔二人で六日間を走破するレース〕を観にヴェル・ディヴ〔パリにある冬季自動車競技場ヴェロドローム・ディヴェールの略称。ナチス占領下の一九四二年七月にユダヤ人の大量検挙が行われた〕まで連れて行ってくれたのは私が十歳くらいの時だった。煙の立ちこめる周囲の様子が靄のかかった記憶と混じり合っているが、それが晴れれば難なく思い起こすことができる。シルクのジャージが滑走し、タイヤが矢のようにシュルシュルと音を立て、傾いた車輪と疾走するレーサーは絶え間なく動き続けている。昼夜問わず六日間続くレース。低速の時間やロスタイム、さらには再びスピードを上げるための交替、それから振り切り、追い抜き、ラストスパート。レースの間、競技場一階席にはハンチングをかぶった労働者たちの眼前で娼婦と客引きがいかがわしいことを考えている。

競技場に魅力的なものを求めにやってくる観客と同じく、私もこの一見すると勇壮な自転車レースに不正やインチキがつきものだとは思ってもみなかったが、ましてや一九四二年のヴェル・ディヴで起こったことなど頭に浮かばなかった。戦後十年か十二年経って、集団的記憶には巨大な穴があいてしまっていたのだ。その穴には、少なくとも一時的にではあれ修繕が施された忘却があるのが今はわかる。

ずっと後になって、私はこの一斉検挙事件の生存者と知り合った。画家のサム・スザフランだ。彼は守衛の息子を装うことで、ドイツ人の命令によってフランス警察がしかけた罠をかいくぐることに成功したのだ。つい最近になって、とりたてて意味のない関連から、サムが戦後滞在していたオーストラリアから持ち帰った競技用自転車のことを思い出した。それは変速ギアもブレーキもない、長らく放置されていた自転車だった。遠い国でのレースの思い出である無用なトロフィーが、鏡のついた洋服ダンスに置かれていた。その鏡に映っていたのはアトリエの観葉植物、パステルカラーに彩られた芸術的な密林と、その限りない色調の鍵盤だった。まるで熱帯地方の鳥たちの羽のような。

＊

戦時中、義理の母は機会があるたびに私に、ユダヤ人と自転車レーサーが逮捕された話をした。悪意のない人が次のように尋ねると、彼女はとても満足したものだった。

「どうして自転車レーサーが逮捕されなくちゃならないんだ？」

II

父は亡くなった後にどんどん若返っていった。

最期は力を振り絞って疲れ切り、絶食とモルヒネの使用にも関わらず死には至らなかった父が、少しずつ私の知っている、いつもの優雅で力強い存在へと戻っていったのだ。そして、写真というだまし絵《トロンプ・ルイユ》が記憶という魔法の鏡にとってかわったため、簡単に思い出されるのは私が生まれる前の父のイメージ、父の肖像《ポートレート》になった。

子供の頃の父を思い浮かべてみる。澄んだ眼差しと強情そうな顔つき、木靴を履いて継ぎ接ぎのベストを着ている。それから従軍中の騎兵服を着た父を思い浮かべる。ホテルのルームボーイの制服姿の父を、配達人の格好をした父を、自転車競技の選手の父を、労働者の父を思い浮かべる。そして、若くして結婚した頃の父を、それからドイツのどこかで戦争捕虜になった頃の父を想像してみる。その後、父は大きな大人の姿に戻って私に歩くことを教えてくれるようになる。

感冒にかかったときには大きな背中に吸い玉をつけていた父。ジョークと祝日が大好きだった父。スーツ、ネクタイ、帽子。顔を思い出せなくともそれらは決して忘れない。彼の姿が再び思い出せなくなる時にも、きっと記憶の水面に浮かんでいるだろう。

＊

サン＝ポル＝ド＝レオンには、そして、おそらくブルターニュ地方の他の土地にも、夜の棚と呼ばれるものがあり、墓から取り出した頭蓋骨が保管されていた。誰が誰か分からなくなる匿名の納骨堂にただちに収められることが望まれなかったからだ。

「夜の棚」という表現は私を喜ばせる。メタファーがひとつの具体的なオブジェによって正当化され、わずかなリアリティがこのメタファーに重みを与え、私たちの世界との結びつきを保証している。

＊

『夜の発明者』という題の書物をよく構想していた。しかし、この本が書かれることはないだろう。そのためにはアラビア学者でなくてはならないからだ。この本はアントワーヌ・ガランの人と作品を正当に評価するものである。ガランは全人類にとっての宝を発明したにも関わらず、教科書や文学史はしばしば彼と彼の作品について言及することをうっかり忘れてしまっている。

　この人物の非凡な人生をたどるためには、ピカルディにある寒村ロロに赴かなくてはならない。彼はそこで一六四六年に生まれた。幼年時代にはその知性によって一目置かれ、イエズス会士や宮廷に寵愛された。東洋諸言語と宗教的にはほぼマホメット教の環境で育ち、当時の言葉で「仲介者」と呼ばれる者になった。この言葉は通訳であると同時に密輸人というほどの意味である。彼は東洋への旅行者、疲れ知らずの読書狂、市場《バザール》で入手した写本の照合者であり、彼がいなかったらオリジナルも残ってはいなかったであろう傑作の写本者兼翻訳者だった。

　彼がいなければ、シェヘラザード〔『千夜一夜物語』の語り手〕は存在していなかったし、おそらく『失われた時を求めて』も生まれなかっただろう。

*

　過去のテクストを読む人はみな死者たちを診る医者だ。だが、永遠に消滅した身体の世話をするわけでも、作品中に読み取れる症候から事後的に病気を診断するわけでも、ましてや想像力の働きを幼少期から説明したり、文章の長さを呼吸器の病から説明したりするわけでもない。読者はそこに生き生きとした声やリズム、抑揚を聞くのだ。語っている人間のものではなく、作者と呼ばれる虚構の存在の声やリズム、抑揚を。死者たちの医者であることは、かつて存在したが二度と戻ってこないものに対して注意を向け、忘却を埋め合わせ、私たち読者の存在を頼りにしてくれた人々に愛情を感じることだ。というのも、彼らは生前すでに分かっていたのだ、

死者たち、哀れな死者たちは、大変な苦痛をなめている

ということを。そしてまた、私たちのメランコリーが単なる嘆きではなく、彼らと運命を共にするための方策だということを。

*

最近、より幅広い読者に向けて、現代フランス語版のモンテーニュ『エセー』が新たに刊行された。純粋主義者からすればこの刊行は望ましくないものであり、病気より始末に悪い下手な処方ということになるだろう。だが、たとえ彼らの言うことがもっともだとしても、過去の作家たちについて語ったレミ・ド・グールモンの次の言葉を思い出してもらいたい。

「彼らのテクストに四世紀以前のラテン語は用いられていない。語や構文の中から古典的と思しきものをすべて排除した当時の現代語で書き直されているからだ。私たちが読んでいるヴェルギ

リウスが、マレルブの文体や趣味に格下げされてしまったヴィヨンに、あるいは、十五世紀の模倣家の手によって模倣された十三世紀の恐るべきジョアンヴィルに似てしまうのは無理もないことなのだ。したがって、修正された作品をラテン文学の傑作とみなすことに私たちは慣れてしまっているのであり、そうした傑作が純粋で心地よい形式を持っていると考えるのはナポレオン・ジェロームの時代の本屋が商売上、それに与したせいなのだ。」

*

贅沢や見世物を公然と嫌ったルソーだが、それでも織物に魅せられて、身に着ける衣装には気を配っていた。彼はどんな細部にも偏執的にこだわり、衣装を厳格に選んだ。衣装は部屋着のような心地よさと、装いの美しさ、さらには慎ましい輝きを持ち合わせていなくてはならなかった。アルメニア風の衣装を着たルソーの肖像画はよく知られているが、これは現在エジンバラの美術館に所蔵されている。そこに描かれているのは、ルソーがイギリスのヒュームを訪ねるために選んだ東洋旅行者のような衣装で、ルソーが『村の占い師』制作時に身につけていたものだ。

それよりも数年前、彼が迫害され、ヌーシャテル州に亡命していた頃（この場合、迫害は彼の空想の産物ではなかった）、ルソーは知り合いの二人の女性にコートと縁なし帽子を仕立ててもらった。この件に関する書簡を見れば、ルソーが享楽的で、積極的な誘惑者であったことがわかる。彼にとって衣服の快適さはすでに快楽であり、入念に選んだ衣服はすべて想像された身体であった。それは苦しまない身体、世界へと向かいながらも私的な部分は守られているような身体だ。アルメニアのコートをモデルにしたアラブのカフタンは、こうした期待に応えるものであり、ルソーはその長所を隠すことなく認めていた。ゆったりしたカフタンは容易に自己自身の探求へと向かわせてくれるとルソーは述べている。

アルメニアの衣装や、それに合った毛皮付きの縁なし帽子は、仕立てをしてくれた女性たちにとって何ら難しいものではなかった。ヴォルテールの目には「大道芸人」のように映ったとしても、それらは当時の人が身につけていた衣服だった。しかし、スリットや、ポケットにつけられた飾り、裏地、ベルトなどはルソーの悩みの種だった。手紙には細心の気配りや忠告の言葉が溢れていて、テンやリスの毛皮、フランネルやメルトン生地、その他、当時にしてはとても珍しい素材について触れられている。インド更紗やキャムレット〔ラクダ、羊などを原料とする粗い毛織物〕、女性の首に巻くスカーフのような網目模様の絹やストライプ布地についても語られている。ルソーは自分が注文した慎ましい白の衣装の代わりに、リラ色に惹かれてしまい、挙げ句の果てにド・リュズ夫人に宛てた手紙に次のように書いている。「残念ですが、私の壮麗なアルメニアの衣装であなたを幻惑させようとは思いませんし、私の装身具を献呈するつもりもございません。」

たとえ私信とはいえ、このような個人的嗜好の披瀝によって『告白』の著者の自画像は完成し、そこで語られた数ある有名なエピソードのうちの一つが我々に想起される。それは盗まれたリボンのエピソードである。この盗みに関して、ルソーは無実の女性を告発してしまうのだが、そのことによって彼は永遠に後悔し続けると同時に、羞恥心を持つことの快楽と告白することの矜持を得ることになる。

このエピソードから、あるいは少なくともルソーが晩年に語った物語から言えるのは、ひねくれた性格や、複雑な心理状態以上に、布地に対する情熱のためルソーは道徳や慎重さをすっかり捨て去ったということだ。この激しい情熱から、彼は次のように語っている。「もう慎重さ、尊敬も、心配も、礼儀も分からなくなる。私は臆面もなく、厚かましく、乱暴で、不敵だ。恥ずかしさに立ちどまることも、危険を恐れることもない。心にかかるただ一つの目的のほかに、宇宙はもはや無である。しかし、それらはすべてほんのわずかなあいだしか続かない。そしてその後は、茫然としてしまう。」

＊

ルソーは女性たちの中にいることに歓びを感じ、厚かましさと性的倒錯を有していたので、すべての男性がライヴァルだと思えたのだった。かのバジル氏もそうで、ルソーは、獣の調教師のような衣装を身につけた彼の姿を、網膜に残るほどけばけばしい二つの色を記憶にとどめていた。「金ボタンの深紅の服を着た彼が、まるでいま入ってくるかのように眼に浮かぶ。その日以来、あの色が嫌いになった。」
盗まれたリボンはピンクと銀色で、随分前から色あせていた。

＊

ディドロの部屋着はルソーのアルメニアのコートとは正反対で、滑稽であると同時に心をうつ後悔の念をディドロにもたらした。それは、毎日の使用で身体に合っていった着古した服であり、体を締め付けることがなくなって久しい衣服、ひとりの人間のあり方を示す衣服であり、最終的には身体のわずかな皺ともぴったりと合う衣服だった。ディドロの部屋着には本の埃が付着していたので彼の読書の痕跡が残っているし、ペンを拭っていたので彼の思考の痕跡も残っている。ディドロはルソーほど外観への欲望に取り憑かれてはいないし、キラキラしたものに目が眩んでもいない。ルソーのように無益な熱狂に身をまかせる必要もない。彼はまるでランプの火が消えるのを夢見る蝶のようだ。

＊

鏡を前にして、カメラを向けられたレヴィ＝ストロースはアカデミー会員の正装を試着してすぐにこう言った。「男が女性のように装うなんて、そうめったにはないことです。」

レヴィ＝ストロースがボロロ族の華麗な装身具や、アマゾンの熱帯雨林で暮らす男女の体を飾る羽飾りやタトゥーに対して示した情熱のことが頭をよぎれば、彼のこの言葉はそれほど唐突には響かないだろう。しかも、冷静で厳格な態度を忘れてしまうほど酩酊したレヴィ＝ストロースが、アカデミー会員が身につける羽のついた二角帽をかぶった時にこの言葉が発せられたのだから。本人が思っているよりも強力なこの言葉は、同時に、彼が他の領域に対して示した情熱を、すなわち、彼が普遍的合理性の法則が働いていることを求めた異性間〔＝異属《ジャンル》間〕の対応関係に対する情熱を喚起する。

レヴィ＝ストロースは自分が語った言葉の大胆さに気づいていないが、彼が言いたかったのは、女性が夜会やダンスパーティのために着飾るような機会を自分も得たということだろう。それでも、無意識がきわめて巧みに言葉の二重の意味を、人間と動物の双方を示す仮面のように語っていたことは間違いない。

*

西欧文化において仮面の役割を果たしているのはさまざまな文学的発明である。事物の代わりに空想《キマイラ》やアレゴリーといった詩的創造物、セイレーンやユニコーンといった得体の知らない生物が仮面の役割を果たしているのだ。

*

ミシェル・フーコーは初期に書かれた論文の一つで（一九五四年に刊行されたもので、おそらく彼の最初の論考だろう）、スイスの精神科医ビンスワンガーが一九二八年に発表したある女性患者の夢について次のように述べている。

「それは、怒りの発作と性的抑圧を伴う、強度の鬱病の治療を受けている三十三歳の女性の症例である。五歳の時、彼女は性的精神外傷を受けた。ひとりの少年が彼女に言い寄ったのである。彼女は最初は興味と好奇心をもって接したが、後には防御と激しい怒りの行動を示すようになった。精神療法すべての時間を通して、彼女は非常に数多くの夢を見た。そして治療の開始から一年を経た時、彼女は次のような夢を見た。彼女が国境を通過しようとしていると、税関吏が彼女の荷物を開けるように言う。「私は持ち物すべての包装を解いて、開けて見せる。その税関吏はそれらのものをいろいろ手に持って調べ、最後になって私は薄葉紙にくるまれた銀のカップを取り出す。すると税関吏は私に『なぜ最後になって一番大切なものを出すのか』と尋ねる。」

ミシェル・フーコーは続ける。この夢が生じた時点で、精神療法はまだ最初の精神的外傷を発見するには至っていない。銀のカップについて医師が患者に連想を行うように言うと、彼女は不快感を覚える。彼女は動揺し、動悸が激しくなり、不安を感じ、そしてついに、祖母がそのような銀製の品を持っていたと述べる。彼女はそれについてそれ以上の説明をすることが出来ない。しかし彼女は次の日は一日中、彼女に言わせれば「意味のない」不安感を抱き続ける。やがて夜になって、いざ眠りにつこうとした瞬間、精神的外傷となった光景が戻ってくる。それは彼女の祖母の家で起こったのだった。彼女は、食物の置いてある部屋に入ってリンゴを一個手にとろうとしていた。そしてそれは彼女にきつく禁止されていたことであった。まさにその時、ひとりの少年が窓を押し開けて部屋の中に入り彼女に近づいてきた。次の日、彼女がこの光景を医者に物語っている最中に、その部屋には動かなくなった使い古しのオルガンがあり、その上に銀紙に包まれた銀製のティーポットが置いてあったことを、突然思い出した。「ほら、これが薄葉紙に包まれた銀なのよ、これがそのカップなのよ」と彼女は叫んだのだった。

ゲルマン童話であるメルヒェンの雰囲気と古いキリスト教のアルカイズム（禁じられた果実、カップ、オルガン）が混ざり合ったこの一節を読み終えた私は、すぐにもう一度読まなくてはと思った。もう一回、もう一回、とページを前のほうに遡りながら自分の読書をぼんやり辿っていくと、母方の祖父母の家にあった大きな食器棚が頭に浮かんだ。なぜそのような情景が私の心に強い印象を与えたのか、なぜその情景が細部にわたるまで記憶によみがえることを望んだのか、私には分からなかった。無意識の力で私を引きつけたその光景において、自分は女性患者ではなく、少年の立場に身を置いているのだということに気づくまでは。そのことに気づくと食器棚はまるで扉を自分で回転させたようにして消え、若い従姉妹の思い出にとって代わったのだ。短いスカートをはいた彼女は高い脚立の上にのぼってさくらんぼを摘んでいた。

死んでから随分経つ女性の夢、私が決して何も知りえない女性の夢は、それでも生き生きと鮮明に残り続け、ミシェル・フーコーの関心を引き、私のなかの眠っていた記憶を呼び起こしたのだ。このようにして、死者は私たちに手をさしのべ、時に私たちを癒す。輪廻を信じたり、霊を恐れたりする理由も理解できるというわけだ。

*

ヴィトゲンシュタインから着想を得た幻想譚。身の回りにあるものに対して、そればかりか自分の体のあらゆる部分、中でもとりわけ手に対して絶えず注意を向けずにはいられず、そうしなければもはや存在していないのではという恐怖が襲いかかってくる男の話。一日の終わりの疲労、眠りに落ちる前の不安、そして何よりも死ぬことへの恐怖、自分自身ではなく、自分と共に現実も消滅してしまうことへの恐怖。

だがそれはほとんど物語とも言えない。私たちのおかげで現実が存在しているということを、程度の差こそあれ私たちは信じているのだから。あるいは少なくとも、それ以外の現実はありえないということを信じているのだから。

＊

「中国人がしゃべるのを聞くと、私たちはそれをガラガラゴロゴロという、分節化されていない音かと思ってしまう。中国語のわかる人が聞けば、それは言語であるとわかるだろう。同じように、私はしばしば、人間の中に人間の姿を見つけることができない」（ヴィトゲンシュタイン『雑記録』、一九一四年）。

＊

私たちにはもう、一列に並んだ巨石の意味も、洞窟の壁面に描かれた絵も理解できない。古代エジプトは二千年にわたって解読できないままだった。忘れやすい記憶や失われた知から言えるのは、遠い未来の末裔たちは私たちの文字を読むことができず、私たちが使うもっとも慣れ親しんだ象徴や目印も彼らにはことごとく謎でしかないということだ。記録媒体そのものが脆弱であるだけになおさらそうだろう。石は磨耗や破損を被り、もっとも頑丈な紙であっても千年以上はもたないのだから。

とるに足らない夢想だったことが、あるいは、この世ができた頃からの古い不安の起源が、放射性廃棄物を地中に埋めることで現実問題となった。どのようにして十万年後、数百万年後の来たるべきのちの世代に、汚染された地下の場所を知らせることができるのか。それぞれの文明が習慣を何も変えることなくその問いに答えようとして、これまで同様、時間に抗っている。ただしその成果は中途半端なものでしかない。アメリカはモニュメントや、大理石で作られたインフォメーション・ルームを建立することを決定し、そこに複数言語で書かれた情報を保管することにした。日本人は、伊勢神宮のように、二十五年ごとに壊しては建て直す寺院・神社〔伊勢神宮の場合は二十年ごと〕から着想をえて、情報を小さく刻み込んだタングステンやチタンのプレートを、かりそめの建物に収納することにした。建物はずっとかりそめであるがゆえに永続性が保証されるのだ。

　これらの方法の虚しさは誰の目にも明らかであり、口承に再び光が当たることにちがいない。予測のできない語彙の変化、数々の根強い迷信、知性の脆さ、気まぐれな記憶、作り話への誘惑、それらにも関わらず口承だけが長続きできるのだ。それは物語のテーマとして素晴らしいが、そうは言っても誰が記憶の保有者を表舞台にあげられよう。彼らは特権的な人間ではあるが、早口で死語を話し、意見の対立が生じることもあるだろう。それに、彼らは潜在的には人質となりうる人間であり、敵対者の餌食にもなりうる。

　そもそも、彼らは記憶することはできるかもしれないが、何を記憶しているのかは我々には知りようもないのだ。

老いとともに起こる物忘れでもっとも恐ろしいのは完全な記憶の欠如ではなく、もう覚えていない、あるいはほとんど覚えていないということが分かっているグレーゾーンの状態だ。喋り始めたとき、喋り終わる前に何を言い始めたかきっと忘れているだろうと予告した男がその証人だ。言葉と事物とイメージの区分がもはやできなくなり、絨毯に描かれた花に水をやっていた女性のほうが、きっと幸福だろう。

*

空っぽにしたり、充填したり。記憶の作業に終わりはない。記憶と忘却は通底しており蒸発する。

*

*

どんな文明も自らの未来を空想すると同時に、自らの起源を作り出してきた。未来の（あるいはむしろ、起こりうるあらゆる未来の）歴史を作り上げることは、幸福なユートピアと世界の終わりの物語のあいだで、希望と恐怖の歴史を作ることである。それはまた、神話から科学への移行であり、気候に関して言えば、この移行はわれわれの眼前で完了しつつある。温暖化、氷河の溶解、水位の上昇が数値化され、必ずしも理解されることなく（だが外見的には客観性を伴って）アトランティス神話と大洪水の恐怖を反復する。

それは底なしの恐怖を意味しているのではない。そうではなく、神話が真実を示すひとつの形式だということを意味しているのだ。

*

伝統社会における伝説は、現代社会における数字（＝金額）と同じ力を持っている。狩猟民族や漁師たちのあいだでは、死の危機を動物によって救われた人の話が必ず語られてきた。それによって種全体が、あるいは少なくともその一部が生き延びてきた。

別の言い方をすれば、自然の均衡は物語によって保たれているということだ。物語は私たちに割り当てられた定数と同じ役割を果たすのだが、その上、詩的でもある。

測定すること、あるいは現象を数値化することの難点は、規準値を確定してしまうことにある。季節ごとの気温の平均値を算出して以降（それは気候の歴史から見れば、ごく最近のことだ）、わずかな気温差ももはや偏差ではなく、異常として経験されることになった。偏差であれば規準内として感じられるし、想定外であればそれとして私たちは安心できるのだが。

＊

人間の生は短く、記憶も不確かなのだから、気候に関しては一般化することは控えるべきだし、予測などはもってのほかではないか。

＊

地球上を吹く風の進路、潮の動き、雷や嵐など、要するに気象現象のすさまじい美しさを描写するには、神の視点に立たなくてはならない。ところで神の視点とはサイクロンの目のことだ。『海に働く人びと』を書くため、まさにこのサイクロンの目のなかにヴィクトル・ユゴーは身を置いたのだが、それでも資料を集めることには余念がなかった。彼の情報源の一つは、マルゴレとズルヒャーの『嵐』だ〔フレデリック・ズルヒャーは十九世紀の海軍将校でエリー・マルゴレと共著で火山や地震、暴風などの自然現象についての著作を何冊も書いた〕。ユゴーは彼らを「風の歴史家」と呼んだ。

*

一三一三年から一三二〇年までは、一三一八年の夏を除いて、西欧全体を湿潤な気候が覆った。ル＝ロワ＝ラデュリは『気候の歴史』のなかで次のように述べた。「雨ばかり降る季節が続いて、木を見事に繁らせ、川を溢れさせ、時には農作物を破壊し腐らせて、人々を飢餓の淵へと追いやり、飢餓は破壊的な一三一五年の後頂点に達した。」

これほど昔のことでなければ、この事実は耐えがたく感じられるのだろう。しかし、実際のところ、そこに描かれた厳密な描写は私たちを楽しませる。というのも、その厳密さのおかげで意外にも、歴史における儚いもの、不安定なもの――例えば、普通なら雲は痕跡を残さない――を明確に記憶にとどめることができるからだ。氷河の前進・後退や、ぶどうの収穫時期、樹木の年輪、花粉の分析や書簡の読解から、比較的長期の季節周期やいくらか大きな温度差を見渡せる結果が得られたが、そうした結果にも劣らぬほど、この調査そのものが魅力的なのだ。先史時代の温暖化からルネサンスの小氷河時代まで旅することができ、一冊の書物としての自然という考えが必ずしも錯覚でないことがわかる。また、この現実を見据えた詩は幸福な見返りを与えてくれる。今日の災厄をめぐる議論から一歩離れ、少し暑くなっただけで西暦一〇〇〇年頃の大きな恐怖が思い起こさせてくれるのだ。

*

シャルコーは一九〇四年の最初の南極探検の際に、大量の食料と石炭、科学機器、建設材料、そして二つの書棚を持参した。書棚のひとつは船員たちのためのもので、もう一つは自分自身のための書棚だった。後者に関して彼は日記にその目録をざっと記している。

「中身のぎっしり詰まった乗組員用の本棚以外に、私個人の本棚の中には、冬季停泊の数年間の時間を費やせるものが収められている。ホメロス、ソフォクレス、アイスキュロス、エウリピデス、ストラボン、モンテーニュ、ダンテ、セルバンテス、スフィフト、サン＝シモン、ヴィクトル・ユゴー、ミシュレなど、そしてもちろんアレクサンドル・デュマの全著作。それから、しっかり保護されたまま、手の届く所に収められた私の古い友人たち、一度も私の手から離れたことのないラブレーとシェイクスピア。」

（一週間の「献立」の後に続く）この不十分な書物リストには興味深いことに、この探検旅行の起源である二人の著者の名前が忘れられている。幼年時代のシャルコーに想像力や夢見る力を育んだのも、冒険家のモデルを示したのもその二人の作家なのだ。ゴードン・ピムを生み出したエドガー・ポーと、ハテラス船長を生み出したジュール・ヴェルヌだ。
　個人的な夢想や冒険の秘密の起源に対するシャルコーの沈黙に関してはさして重要ではない。彼が沈黙しても、氷河を進む彼の航海が、そして、大洪水の生存種ではなく偉大な精神の冒険を描いた作品たちを乗せた箱舟が、私たちを揺さぶることに変わりはない。私たちはシャルコーの理想の書棚に敬服するが、同時に、彼の意図がどのようなものだったかについては確信を持てない。病院のように潔癖で白い世界の中で気心の知れた仲間たちとともに死んでいくつもりだったのか、それとも、女性なしで、ただ精神の力のみで人類を再創造するつもりだったのか、あるいは、船員の一人が言ったように、単に「誰よりも遠くへ」、しかも、ヴェルギリウスに導かれたダンテのごとく、天才たちに導かれて進みたかっただけなのか。

　帰郷後、シャルコーの妻は「性格の不一致」という理由で、彼のもとを去った。彼女はヴィクトル・ユゴーの孫で、シャルコーは狂人たちの医者だった。

＊

　南極大陸の一面に広がる白い世界のことを考えても想像できないのは、たえず聞こえてくる氷河の割れる音、氷塊が割れて崩れ落ちる音、氷山の亀裂によって生じる乾いた爆音、そしてもちろん進んでいく船そのものが放つ軋んだ音、「ハープのように」振動するマストの音だ。それらよりもさらに想像しがたいのは、氷原を汚すペンギンの群の悪臭だ。それは（シャルコーの控えめな言葉を用いれば）「彼ら特有の〔*sui generis*〕」匂いであり、目に見えるより前に彼らの存在を知らせるほど強烈なものだ。

＊

飼い犬の一匹をついに失った日、シャルコーはよく考えて、その犬を凍てついた塚に放置した。冷気が古代エジプトの香辛料や包帯と同様に遺体を保存してくれることを期待したのだ。冒険へと向かった現実的な動機を超え、自分の頭の中を垣間見させてくれるパスワードのように、永遠を示す二つの極端な形のコントラストがすぐに彼の念頭に浮かんだ。水晶宮や廃墟と化したガラスの街に似た暗礁を避け、彼が追い求めたのは、おそらく、砂漠の入り口にいる時と同じくらい口数の少ない氷塊の中のスフィンクスなのだ。

＊

船が氷塊の中を進んでいく、

ダンテとヴェルギリウスを乗せて
病院のように白い世界へ向けて。
そこで永遠はガラスのように割れる。

日々を指折り数え、
ジグソーパズルを並べながら、
会話のなかで何度も
永遠が戻ってくる、「過ぎ行く時間のように」。

水晶宮や
廃墟と化した透明の街は暗礁だ。
言葉が凍る。氷塊の真ん中にいるスフィンクスは
砂漠の端にいるようにじっと黙っている。

＊

「いつものように、時間の終わりにいる。」アイロニーで抑制されたボルヘスのこの言葉を私は

よく思い出す。限度を超えた不条理を感じるとき、人類が消滅に向かって歩みを速めるとき、いつもきまってボルヘスのこの言葉が思い出されるのだ。後退しつづける世界では次のようなニュースが続々と流れる。ラトヴィアではかつての軍の牢獄が観光名所になったらしい。驚きなのは、かなり色あせたソビエトの旗がいまだにたなびくこの場所を訪問できるということではなく、ビクビク恐れながらそこに宿泊できるということだ。というのも、さらなるリアリズムを求めて、鉄の腕をもつ船長が自分のことを「頭《かしら》」と呼ばせたり、ありとあらゆる恐怖の特徴が詰め込まれているからだ。じめじめした独房、脱走による死刑執行の真似事、あらゆる種類のいじめ、食料不足、屈辱的な雑務など。

大勢の人が詰めかけるため、宿泊するには、予約するかオフシーズンに訪れるほうがよい。ある女性ジャーナリストは、あらゆる有益な情報を紹介しながらそう述べた。

この不吉な滑稽芝居と比べれば、法がいかなる意味を持つかを探究した、カフカの描く流刑地は旧世界に属する。

＊

各人の場所を同定できる携帯電話は、自然公園の中や海底深くまで追跡できるよう動物の体に埋め込まれた電子チップと同じ役割を果たす。

私たちはザトウクジラやアイベックス〔野生ヤギ〕と運命を共有しているが、彼らに対する思いやり〔＝人間味〕は欠けている。私たちに呼びかけることで、どこにいても私たちを追跡し、私たちの行動や欲望や消費願望を推測できる人工知能を用いたシステム開発者の言葉を信じるなら、そう言えるだろう。このシステムは素朴なところも不確かなところもないので信頼に足るものだ。機械には心の迷いがない。時間を持て余すと感情に動かされ、なんとなく非合理な振る舞いをしてしまう二足歩行の私たちとは違うのだ。

「私たちは〈不可知論〉プラットフォームを作ることに成功した。つまり、どんなタイプの情報も消化できるようなプラットフォームだ。」マブゼ博士気取りのベンカタラマン氏は自信満々にそう述べた。それから、まだ感情的な、つまり不完全な存在である私たちの背筋をぞっとさせるような言葉を続けたのだ。「このシステムの長所は、直感なるものをまったく持っていないところです。アルゴリズムは人間的前提に少しも依拠しておらず、『この電話は美容室にある場合が多いので、おそらく女性のものだ』といった類の先入観で汚されてはいない。このような常識による判断基準は実際のところ素朴で不確かなものだ」（『ル・モンド』紙、二〇一〇年五月十一日）。

＊

「鏡に映りしものは、おぼろげなり。」

アーサー・ペンの『左ききの拳銃』の冒頭、馬の飼育係は、ポール・ニューマン演ずる字の読めない若者に、聖書の一節の言葉を思い出させる。そして、いつの日か本当にわかるだろう、その時、知ることになるのだ、お前が知られていたように、と続ける。もちろん、すべてを見透かす神によって知られていた、ということだ。

真実がすべて露わになるこうした王国の存在を、あいまいさのない明瞭な現実を私は信じられない。私が信じられるのは、この聖書の言葉が正確に私たちの世界の見方を表しているということだ。

鏡に映りしものは、おぼろげなり。だが、涙に映るものも、海図のあちらこちらにかざすルーペに映るものも、おぼろげなり。言葉の虹色の泡に映るものも、おぼろげなり。その泡は眼球に映る古いペン軸の眺めに似ている。パノラマのように広がってはいるが同時に自閉している。

＊

ペルジーノは十六世紀の最初の何年かで、数年前に受けたイザベラ・デステの注文に応じて《愛と純潔の戦い》を描いた。見渡す限り広がる風景——後景を占めるのは抱き合うカップル、フルートを吹く牧神、太鼓をたたくサテュロス——のなかで、鎧に鉄兜を身につけ槍を手にした女たちが、心臓を狙って矢を射る羽の生えた子供たちを追いかけている。この男のような女たちによる、無垢と脆さの象徴である裸の智天使たちの狩り立ては、徳の名において行われる大虐殺である。周知のように、実際にはこの光景に関するより凄惨な解釈がなされてきた。

完成品を前にして、イザベラ・デステは失望を隠せなかった。注文した作品なので、失望の原因は主題ではなく、手法だった。まず、この作品は卵テンペラによる絵であって油絵ではない。しかしそれよりも、画家の勤勉さが欠けている（「勤勉さ」は彼女が使った語だ）ため、イザベラはこの絵を「きわめて鮮明な」マンテーニャの絵の横にかけることができなかったようだ。

つまり、ボケと鮮明との戦い（「ボケ」という語は、はっきりと輪郭が描かれていないという意味だ）は、イザベラ・デステの目には愛と純潔の戦いよりももっと重要だったのだ。彼女は時代に先んじていた。というのも、このボケと鮮明との重大な対立は、美術史を通して繰り返し現れるものだからだ。この対立は一九〇〇年頃にピークを迎える。印象派と巨大な戦争画や公式肖像画との対立、睡蓮と花の絵画との対立、芸術の側についたピクトリアリズム写真とルポルタージュとの対立。文学自体もまたこの対立の影響を被っている。朦朧とした象徴派の詩が自然主義文学を煙たがらせたのだ。

ボケとは愛の側にあるものではないだろうか。支配と絡み合う身体とが混じり合った愛の側に。反対に、明確な輪郭は冷ややかな美と純潔に奉仕するのではないか。だからイザベラ・デステが不満を抱いたのは間違っていたと言える。芸術において図と地は分離できないのだから、ペルジーノはやはり愛と純潔の戦いという主題に取り組んでいたことになる。

＊

辞書は他の辞書を書き写すものだから、ほとんどの辞書にも flou〔ボケ、不明瞭、ふんわりとした〕の項目に同じバルザックからの引用が挙げられている。「黒髪はお顔の輪郭をきつく見せます。」これと対照的なものとしてただちに思い起こされるのは、ルーベンスが描く女性のふんわりとしたブロンドの肉体だ。

何にせよ、flou という語は「黄色〔jaune〕」（ラテン語の *flavus*、古仏語の *floe*）から派生したもので、黄色は色あせたもの、萎れたもの、滅びゆくものを喚起する。ユダヤ人にまとわせてきた、不潔でぼんやりとした色と同じだ。

Flou はまた皺の入った布や下着、レースをも喚起する。フリフリの衣装〔frous-frous〕を着て歌手はやるせなく歌を歌うが、もともとはふんわりとした服〔flous flous〕という言い方だった。

＊

「購入した現代写真を精査してみると、ボケやソラリゼーションや二重焼き付け《スーパーインポーズ》、フォトモンタージュなどの手法の中に、現代の相対主義にどっぷりつかった精神状態が表現されているように思われる」（アンドレ・ロート。『ロベール辞典』からの引用）。

＊

私は近視になった。八歳か九歳の頃には眼鏡をしなくてはならなかった。つまり、ぼやけた世界が現れることと、本を読めるようになるのが同時期だったのだ。まるで、現実の一部が消えて、記号の世界に場所を譲ったかのようだ。

それ以来、私はもう眼鏡を外せなくなった。私は言葉や物が明瞭であることを好むが、それは、世界が明瞭になったことを意味しない。

＊

最近、西部劇映画『アパルーサの決闘』を観た。百回は脱げているはずの帽子が頭の上に乗ったままだったので、帽子から目を離せなかった。

そのため、映画という非現実の世界、オブジェそのものが虚構の生をもつことになる空間に招き入れられたのと同時に、この場合、何もかもが揺れ動いて不鮮明になっても法だけは変わらぬ指標であるような社会にも招き入れられたことになる。

＊

映画館で映像が次々と避けがたく連鎖していくことや、何があってもショットが連続することに、恐怖を覚えてしまうことがある（しかし、この恐怖は魅力の一部でもある）。時間の中断を望んでも、映画には書物における「空白」に等しい「黒」はない。

つまり時間は映画の中で消えていくのであって、真っ暗な収蔵庫、すなわち、時間が回帰する代わりに変容することを待っている暗室にも見出すことはできない。

映画館には超越者はいない。神の不動の時間は映画館にはないのだ。

＊

飽きもせずに何度も観てしまう映画があり、とくにアメリカのフィルム・ノワールはすべてそうだ。シナリオを忘れてしまうので、際限なく観ることができる。私はシナリオよりも俳優、照明、特殊撮影、雰囲気、会話のほうに関心がある（小説においても同様で、登場人物よりも語り手に興味がある）。

しかし私の喜びには別の理由もある。淀んだ水に沈み込み、忘れていたと思われるイメージが、別のイメージを覚醒させながら共に回帰してくるのだ。そうしたイメージが遠くからやってくるのを私は感じる。私には何が起こるのか予測できる。本当なら過去にあるはずの私の記憶が私を先回りしているのだ。

さらに別の楽しみがある。それは、同じ時にというわけではないにせよ、同じ持続のなかで、かつて味わった経験を実際に蘇らせてくれることであり、半ば消えてしまっていた経験が完全な記憶を取り戻すのだ。一つひとつイメージごとに蘇るのだから、それは夢の記憶に等しい。

*

旅に出ると、鳥が空気に支えられているように、時間に支えられているのを感じる。自由な精神、エンジンの定期的なリズム（あるいは乗り物に揺られての微睡み）が、音と意味さえ調整すれば、望まなくとも暗記できるような文章を生み出す。そういうわけで、動物に乗るかつての吟遊詩人《トルバドゥール》と同じように、私は車や電車で文章を書くのが好きだ。次のポワティエ伯〔「最初の吟遊詩人」と呼ばれるアキテーヌ公ギヨーム九世〕の詩法はすべての詩法に値する。

私は純粋に虚無の詩句を作るのだ

その詩句は私のことも他人のことも語らない
愛にも若さにも関係ない
それ以外の何にも関わらない
というのも、その詩句はまずもって馬上で眠りながら
見出された詩句なのだから。

『散文の理念』のなかでオリゲネスについて、注釈をこころみたジョルジョ・アガンベンにとって、「馬とは『どんな軍馬よりも力強く熱心に走る』言葉を発する声」なのだ。『聖ヨハネの黙示録』によれば、ロゴスとは白い馬に乗った「忠実で信仰にふさわしい」騎士のことを言う。

＊

かつて私はバスの中で読書していた。今では読書をするためにバスに乗る。

それはパリを横断する移動部屋で、外に広がる眺望が、読書によって立ち現れる光景と重なり合う。

顔を読むこともできる、しかし、それは基礎すら知らない言葉を解読することに等しい。

人の考えを読むことに関して言えば、それはあまりに無駄な試みなので続かない。長々と雲の形を読むのと同じことだ。

＊

しばしば、目の不自由な人の顔が立体感のないように感じられる。昼間に光る満月のようなその顔は、隕石やレーザー光線のように強力な他の視線とのやりとりで形作られたものではなかった。

彼らの本当の顔は内面にあるのであって、私たちには裏返しになったその仮面を見ることができない。

＊

ひらめきが生まれるのは、目を閉じて内なる闇に浸っている時だ。そこからホメロスは盲目だったという話が生じる。アレゴリーの必要性から作られた話だ。

スウィフトはそのことをよく理解していたので、死者たちの王国でホメロスはすぐれた千里眼を持っていたのだと想像した。というのも、ホメロスは自分の滞在の限界をはかるために、そして、絶対に付き合いたくない自分の作品の注釈者の亡霊を見分けるために目で見る必要があったからだ。ホメロスには、歌声が盲導犬のように進むべき道を示してくれるほどの深い闇はもはや必要なかった。

＊

最初にそれが起こったのは、コンラッドの『シークレット・エージェント』を読んでいた時だ。五、六〇頁あたりを読んでいた時、余白に自分の字に似た鉛筆の書き込みがあるのを見つけた。傍線、二重の取り消し線、星印など、いずれも行ったり来たりの読書の過程で、思考の迷宮をさまよいながらつけられた印だが、数年経てば、たいていその意味を理解することができなくなる。さらにあと数頁、同じ現象が起こっていた。つまり、私はすでにこの本を、鉛筆を手にさえして、読んでいたということになるのだが、何の記憶も残っていない。

＊

時に人は、己自身よりも先を進んでいることがある。私はジュベールの『パンセ』を再び紐解いた。すると、そこに次のような一節が四十年前の主張として書き込まれているのを見つけた。

「私は一冊の書物のなかで、思考が天空の星のように、秩序や調和とともに、ただし、のびのびと間隔を保ちながら、お互いに触れ合うことも混ぜ合わさることもなく、それでもやはり連続し、同調し、釣り合いながら、次々に続いていくことを望んでいる。そうだ、私が望んでいるのは、思考が互いにくっついたり、支え合ったりすることなく、流れていき、それぞれの思考が独立して存続しうるようになることだ。結びつきが強すぎてはならないし、まとまりがないのもダメだ。ほんのわずかなまとまりのなさで怪物のようになってしまう。」

再びジュベールの言葉を借りれば、それは通している糸を抜かれた真珠であって、決して鎖で連結している思考などではない。

*

真珠と言葉とのあいだの類似関係は、『物の味方』に収められた「牡蠣」という詩の最後に見出される。「時折ごく稀に、真珠母の喉に珠としてのひな形〔＝書式、決まり文句〕が結ばれる」、そう書いたフランシス・ポンジュは、バロック的でありながら節度のある彼特有の仕方で生命の生成過程を辿り直したのだ。

ところで、女性の真珠の首飾りは果たしてアクセサリーなのか、それともお守りなのか。

＊

現地で刊行されている入門書を信じるなら、カメルーンでは言葉は三種類に分類される。

――聞きとることのできる言葉。これは日々私たちが口にしている言葉であり、それだけでなく、鳥の奏でる音楽や歌、獣の叫び声や愛の喘ぎなども含めなくてはならない。

――感じとることのできる言葉。これは私たちが見ることも聞くこともできない言葉で、知らないうちに私たちに働きかけてくる。不安定でカオスの様相を呈した神秘的な世界の片側から吹く霊気や風がそうだ。分かる者だけがそれらを感じ、その意味を解釈することができる。

――目に見える言葉。未来を示す象徴や記号によって表される言葉で、夢の中で見られたり、仮面の上に読み取ることもできる。

＊

ドゴン族にとって死者の言葉は乾いている。乾いているから危険ということになる。死者の言葉は、生者の世界でのごとく豊かで流れやすいものとして再び循環できるよう多量の血を欲しているからだ。
私たちが読む書物と同様、死者たちのなかで乾いた言葉は永遠にさまよい続ける。それは休むこともなく誰からの返事も得られないか細い声だ。情熱をもって本を読めば気づくことだが、そこにあるのは生き血を吸う言葉なのだ。

*

じめじめした森の中の狼たちの吠え声
山頂から山頂へ月を捕まえようと
駆ける子供たち

それらは夢の中で見るような
そして耳の不自由な者が唇から読みとるような目に見える言葉だ。

*

ルソーは音楽の題名があまりに現実的であることを嫌った。というのも、そうした題名はメロディーを重くし、言葉を鉛色にしてしまうからだ。そうなると作曲家は「自分が描いた絵の下にこれは木です、これは人間です、これは馬ですと書くことを余儀なくされた粗雑な画家」に似てしまう。

一つならずパイプを描いたマグリットは、否定を用いて同じことをした。否定形〔《これはパイプではない》（一九二九）のこと〕によって彼の手法はやや巧妙なものとなったが、その絵はあまりになめらかなので、広告に近いものに仕上がっている。広告もまた、かつては哲学の専売特許だった「コンセプト」なるものを押さえているからだ。

*

手足を切断された患者の痛みを和らげるために、フランス語で「幻肢 membre fantôme〔＝亡霊の手足〕」と呼ばれる状態における脳の働きを理解しようとしたアメリカのある脳神経学は、当然のことながら、鏡や双子だけでなく、メタファーにも関心を持った。

これはまったく正当なことだ。というのも、幻肢と同様メタファーにおいても、不在の現実というものがなおそこにあるからだ。いずれの場合においても、脳が記録したひとつのイメージが、はっきりとしない影や反映とともに再び作り直されるのであるが、そのイメージは現実的な外観を得られるほど十分に能動的なものだ。

ガブリエル・シュヴァリエは『恐れ』の中で手を失った友人の苦しみについて次のように記述している。

「彼の手が切断されゴミ捨て場に捨てられて一ヶ月になるが、彼はなおも自分の手があると感じている。彼の神経組織のネットワークが虚無にまで伸びて、そこにしがみつき、彼の脳に強迫的に痛みの情報を送り返しているのだ。しばしば彼は、もう存在しない体の一部をこすっているような素振りを見せる。激痛がおさまるように、残された手が無くなったほうの手を抑え、ぎゅっと握っているのだろう。」

*

わざわざ恐れるために亡霊の存在を信じる必要などない。誰が言ったのかもう覚えていないが、この考え方は至極真っ当である。おそらくジャン・ポーランだったと思う。彼は想像上の苦痛は他の苦痛と同じくつらいものだと書いていた。

*

*

役者が視線や照明をひきつける場合、とりわけ人びとを安心させ喜ばせるほどの完璧な演技が、技巧によってではなく、役者自身の内側から出てきた場合、その役者には存在感があると人は言う。技巧に頼ったのであれば、彼は単なる操り人形でしかない。

作家の声が聞こえてきたとき、その声が魅力的なために読者がフルート吹きのあとをついていく子供のようになるとき、その作家には存在感があると言える。

したがって、書かれたテクストが完璧な作家は、不在であることによってかえって目立っているのだということが分かるだろう。

*

「自分でしたことなんてその時の自分には決して分からない。」

これは私の意見ではなく、ヘンリー・ジェイムズの『私的生活』の主人公で虚構の作家であるクレア・ヴォードレーの言葉を私なりに言い直したものである。ヴォードレーのように、私も心ここにあらずの状態だが、それでも周りには人がいる。そして、彼同様、私もペンをとることはない。長らく草稿は書いていないし、ノートすらない。しかし、毎日数時間の有益な夢想、心の中での独り言の時間がある。そこで語られた言葉は、リズムと意味とが調和すれば、最終的に記憶に刻み込まれることになる。ちょうど水が渦を巻いてついには図を描き出すように。

*

機織りの息子が天文学者になる。

星に満ちたこのアレクサンドラン〔十二音節詩〕がどのようにして生まれたのか私はもう覚えていない。しかし、忘れていたこの詩句をなぜ思い出したのかは分かる。それはこの詩句が職人的な手作業から知的思弁への移行を、経糸と緯糸の交差によって生み出される色鮮やかな形から黒い宇宙に浮かぶ解読できない光溢れるデッサンへの移行を可能にするからだ。それは、ある世代から別の世代への移行であり、古い蜘蛛の巣から彗星に描く夢への断絶なき移行である。

*

詩の技法を、どのように習得すべきか。

今日では誰もそのようなタイトルを考えつかないだろう。裏の意味を含ませない限りは。しかし、一篇の詩すら書かなかったが、多くの詩句を暗記していた十六世紀のアラブ人がこの言葉を羽根ペンで、いやむしろ葦ペンで書きつけたのは、アイロニーからではない。恵み深い風のように巻き起こり、肺と帆を同時に膨らませてくれるインスピレーションの存在を認めていたイブン・ハルドゥーンは詩が習得できるものであることも知っていた。伝統を思い起こすなら、それは暗記によって学ぶものだ。詩を書く場合は規則に従う必要がある。しかし、こうした純粋に形式的な助言ではまったく不十分である。イブン・ハルドゥーンにとって詩は習慣《ハビトゥス》の（言語の、習慣の、陶芸家や機織りの手作業の）一部であり、心も体も一定の準備を必要とする。詩句を作るには休息をとることと十分なエネルギーとを必要とする。望ましいのは朝目が覚めたときか、風呂につかっているときだ。

『範例の書』の中で、ひとつの詩句の統一性と詩全体、韻文で書かれた論証と厳密な意味での詩との区分を行ったのち、イブン・ハルドゥーンは次のような詩法を引用している。

詩とは、基礎となる言葉を補正し、
あらゆる部分を磨き上げた韻文のことだ。
冗長さによってひび割れた部分を補修し、

簡潔さによって盲目な部分を手当てする。
詩においては近いものと遠いものが結びつき、
淀んだ水が清流へと流れ込む。

＊

詩はいつも天使の羽で書かれるわけではない。詩は弁論を競う機会でもあり、また、嫉妬と対抗心の機会、毒舌と淀んだ水の跳ね返りの機会でもあるのだ。それこそ、マダガスカルで諺を競い合う論争の詩ハイン・テーニを発見して以来、ジャン・ポーランの心を捉えたことである。賢者の言葉と伝統財産を混ぜ合わせたこの集団的実践は、大衆文化と精神の洗練、規則正しい態度と他者との差異への崇拝とを結びつけるものだ。

ハイン・テーニを学びながら、それを決して平板なものにすることなく説明しようと苦心していたジャン・ポーランは、編集者、雑誌発行人、コレクションの責任者となる準備をしていた。たとえ作家が過去のわずかな栄光の上にあぐらをかくようなことがあっても、詩が惰性に流れてしまわないよう、アルトーとラ・トゥール・デュ・パン、ガストン・シャイサックとフランシス・ポンジュをポーランは同じコレクションに収めた。だが、ポーランはひとつの共同体内で実践される詩への興味を明言すると同時に（レジスタンスはポーランに自分の考えを表明する機会を与えた）、自分がなぜ民族学者になることを諦めたのかも明らかにした。彼はいかなる社会であれ、社会が調和や同一性を有しているとは信じられなかったし、未開人が自分の信仰を無邪気に信じていたとも思えなかった。また、自らの信条を捨てた共和派の議員から支援を受ける軍人や商人が人種差別を行うのを何とか償おうと考える多くの民族学者が申し分のない社会の存在を証明しようとしていたのに対し、ポーランは、そのような社会は存在しないと考えた。

「フレイザーもデュルケムもレヴィ＝ブリュルも未開人の信仰と崇拝が、また感情と行為とが必ずしも一致していないことを疑わなかった。もしその考え方を、サン＝ポール＝デュ＝ヴァール〔現在のサン＝ポール＝ド＝ヴァンス〕やウィンダミアの居住者にも当てはめるなら、民族学者がキクユ族やバラ族を扱うのとまったく同じように彼らを扱うことになるだろう。しかし反対に、マダガスカル人のそばで生きてみてまず私の関心を引いたのは、彼らのなかの差異、隔たり、彼らの多様性と——信仰の次元での——彼らの懐疑的態度だ。彼らと私たちのより一般的な特徴に関して言えば、文明や進歩に対するかなり曖昧な感覚以上のものはない」（『ハイン・テーニ』、一九一三年）。

*

毎年秋になると刊行される何百もの小説（シーズンオフに刊行されるものは別にするとしても）の無駄なおしゃべりは、十八世紀の無数の悲劇を思わせる。その使い古された形式は前世紀のモデルを繰り返しているに過ぎない。成功を約束され、たくさん上演されたあれほどの作品群はすべて忘却のなかへと沈んだのだ。ヴォルテールの悲劇すらも。

＊

現在の小説はもはや主人公を読者に提起することはない。なぜなら作者自身があらゆる場所を占めているからだ。脇役といえる登場人物たちは輝きを失った星であり、離婚するか癌になれば、すぐに自分を太陽だとみなす語り手の周りを取り巻くだけだ。

＊

ネモ船長、ロード・ジム、スワン。この三人ははるかに広大な世界を冒険していた。

文体と世界観がありさえすれば作家は誕生するが、最初に私たちをとらえるのは、作家の異質性である。作家の新しさは一種のエキゾチズムであり、作品は共通部分から生まれた瘤のようなものだ。

たとえばミショーの作品には、何かに還元することのできない部分と遠い参照項があるのが分かる。確かにミショーの中には中国の文人とインドの賢人がいる、しかし、それはフランス化された文人と賢人である。神秘主義者や荒廃した人間という仮面の下に、十八世紀のモラリストたちの後継者の姿まで透けて見え始める。〈無垢《カンディード》〉と〈文筆《プリューム》〉〔それぞれヴォルテールとミショーの作品名にして主人公の名〕。いつの日かこの両者の比較が試験の課題となるだろう。

*

創意に富んだ思慮深い若い教師が、自分の学生に次のような課題を出したと言った。「詩とはコップのなかの嵐なのか。」

素晴らしいテーマであり、適切な問いだ。説明しすぎてこの課題を台無しにしてはならないだろう。本当のことを言えば、分量と論証を前提とした考察の対象であるよりも、マントラのように黙想すべき言葉である。

シェイクスピアの天才が、一見すると理由もなく波を引き起こすのを見なくてはならない。

フランシス・ポンジュのコップの水を想像しなくてはならない。そのコップの中では世界は透明だ。

詩は誇張する、しかし幻想を吹き払いもする。

＊

もっとも共有されている集団幻想は、人類を最上の生き物とする信仰である。宗教がくりかえしこの幻想を復活させるのだが、進歩信仰も宗教と同じ役割を果たしてきた。

＊

動物のドキュメンタリー番組を見はじめると、人間の姿が見えなくなる。少し時間が経っても、見えるのはただ罠を仕掛け、檻を作り、海底深くに潜水する者だけだ。こうして、この稀有な奴〔oiseau（＝鳥）という言葉が用いられているが「人間」を指す〕を再発見することができる。数時間にわたり水面を叩いてナマズを取ったり、若い初心者がはじめての蜂蜜を採取できるよう木の上の蜂の巣を煙で燻すのもこいつだけだし、親のいない豹を救い、餌をその前にぶらさげて走り方を教えたのもこの人間というやつだけだ。

＊

不眠症の人。それは砂の上の魚。

*

動物のパフォーマンスを褒める時（新聞をもってくる犬、クルミを割る猿、多くの言葉を学び色も識別できる鸚鵡）、私たちは審判であり当事者だ、というのも、評価はつねに私たちの基準、私たち自身の能力に応じてなされるからだ。

動物の真の才能を評価するためには、カムフラージュの名手や、嗅球〔鼻腔にある嗅細胞が受容した匂い分子の情報を処理し、高次の嗅覚中枢へ伝える脳の領域〕のチャンピオン、暗闇で見える達人、海底で歌えるテノール歌手のことを知らなくてはならないだろう。

*

チンパンジーの直接記憶は人間よりも優れていることや、バクテリアの中には、動物の中においてすらも、生き返ることのできるものがいることも覚えておく必要があるだろう。

*

カワカマスの攻撃は鷲と同じく一瞬の閃光のように素早い。

日本の弦楽器（琵琶、琴、三味線）は、私のなかに奇妙だが甘美な感覚を引き起こす。私の神経をつまみ、いらだたせ、それから、くつろがせる。そうすることで、眠っていた存在、亡霊や新生児のような存在を目覚めさせるのだ。

＊

シューベルトは違う。聞くたびごとに琴線に触れてくるのだ。

＊

日本が私に残した数々の思い出は、幼年時代の記憶のように身体のなかに入り込む。通りの響き、お菓子の味、夏の湿気の鬱陶しさは奥深い思い出として刻まれているため、過去の喜びと目に見えない神経の動揺とが混ざり合ってあらゆる種類の感覚を引き起こす。

＊

日本にいることの幸福の理由は、いやより正確に言えば、日本文化の中にいることの幸福の理由は、箱根のホテルが一九五〇年まで刊行していた大衆向けの事典の中に見出せる。図版がかなり豊富なこの本（同じ時代の『プチ・ラルース事典』に少し近い）は、戦争直後のあの時期にはまだ少なかった外国人旅行者向けのもので、彼らが日本文化のあらゆる側面についての基礎知識を学ぶためのものだった。そのためこの事典は英語で書かれており、『われら、日本人（*We Japanese*）』という題名だった。副題はさらに雄弁で次の通り。「日本人の習慣、マナー、儀式、祭典、芸術、手芸の大部分に関する記述、他の数多のテーマも扱う」。

「他の数多のテーマ」という言葉の通り、同書では多くのテーマが扱われており、そのことに私は大変満足しているのだが、同時に、この事典の匿名の編者にとっては自明のことであるさまざまなジャンルの混合も同じく私を魅了する。題目の配列そのもの、多様であると同時に一見すると無秩序な題目の配列が、すでに日本的なメンタリティに対する入門となっているほどだ。そういうわけで、庭、衣服、歴代天皇、将軍、大寺院、詩歌の形式などの題目の横に、それらと同じ次元で女性の髪型、古い貨幣、迷信、はやし歌、タブー、鵜飼、醤油の作り方が記載されている。

日本文化には確かに序列が存在しているが、あるべきと思えるところに序列は存在していない。とりわけ、絵画、書道、詩はそれ以外の芸術とは分離できない。というのも、それらはみな重要なただ一つの芸術、つまり生活術から派生したものでしかないからだ。

英語の先生のおかげで、私は割合早い時期に、清少納言の『枕草子』を発見できた。それから随分後になって、『枕草子』を現地で、つまり日本で再び読む機会に恵まれた。伝統的な日本家屋で、夏の豪雨の日だった。それは私の大切な読書の思い出の一つで、障子に次々と落ちてくる土砂降りの雨が、西暦一〇〇〇年の偉大な女性詩人が書きつけた事物のリストと混ざり合っていった。詩人の姿を想像するに、彼女は長い黒髪で季節によって薄緑か紫の着物に身を包んでいる。その着物のわずかに乱れた襞は、珍しいものから不快なものまで、呆然とさせるものから我慢できないものまで、さらには、限りないもの、困惑させるもの、苦悩に満ちたものまで、詩人の精神が紆余曲折する様子にぴったり合っている。それは、少なくとも不安に満ちた私の想像力では、まもなく家が浮かんでしまうほど周囲で増え続ける水位を思わせた。

＊

ジッドはチャドやカメルーンにも足を伸ばすことになるコンゴ旅行のあいだ、アフリカについての本は一切読まなかった。彼は身の回りの現実に関心を持たないどころか、動植物を注視し、黒人たちの泣き言を聞き、植民地部隊の兵士の術策を観察しながらヘトヘトになるまで昼間は何日も歩いた。それからジッドは自分の住まいに帰り、精気を取り戻す必要があった。彼はシアン化合物や薬剤の小瓶に囲まれる中、トランクの中からボシュエの『説教集』、ラシーヌやコルネイユの戯曲、ラ・フォンテーヌの『寓話』、さらにはドイツ語のゲーテ、英語のシェイクスピアを手に取るのだった（『コンサイス・オクスフォード辞典』も持参していた）。この西洋のお守りが、「あちら側」へと連れていく魅惑と幻想からその身を守ってくれたのだが、それだけでなく、逆向きのエキゾチズムと我関せずの態度をとり続けることで、ジッドは自分の知的なあり方や明晰さを保つことができた。また、まもなく六十歳を迎えようとするジッドにとって、水浴びや数時間の馬での移動は自分の身体のあり方を確認させてもくれた。快適ではない環境や病気のリスクをものともせず（その上、豹もいた。夜になると豹が徘徊したが、それでも窓は開けたままにしておいた）、薄暗い光を頼りにイピジェニーやファウストと再会し、メモを取ったのだった。このメモのおかげで、ジッドは帰国後、ほとんどの総督に保護されていたゴム栽培会社と会社の代表者たちによる凄惨で犯罪的といえる行為を告発することができた。ジッドが緊急かつ必要な政治的責務を果たしていなければ、民族学的アプローチの無知を非難されていたかもしれない。ジッドはアフリカ社会をその内部からは見ていなかったが、アフリカ社会が破壊されるさまはよく見ていた。黒人のことをよく知ることはなくとも、自国でよりも先にアフリカで蛮行を働いた白人たちについてさらなる認識を深めることはできた。つまり、旅行の目的が少しずつ移行していったのだ。帰国の日が近づくにつれ、ジッドは少しずつ自分が現地で見たものを、裏付けのある証拠として告白しようという気になった。甘い幻想は抱くことなく、悪意や虚偽や誹謗に耐える準備はできていた。

十年後、ジッドはソ連からの帰国準備をしていた。この旅行はコンゴの時とは比べものにならない攻撃と非難を受けることになる。ヒキガエルの涎〔＝ゲスの中傷〕が数多く彼に向けられたのは、大ブルジョワの雰囲気が彼を弱くみせたのと、プロパガンダに利用できると人々が考えたからだ。

*

一九二七年三月十日〔実際には一九二六年〕、ジッドは旅行の終わりにさしかかっていた。急にこみ上げてきた幸福感のようなものを『日記』に書き留めておこうとした。「一日ぐらい余計にかかったたってそれが何だろう？　こんなに本を読んだことはないし、またこれほど楽しんで読んだこともない。」

この前日、現在ではチャドとカメルーンの国境となっているロゴンヌ川沿いで（両岸の住人は一日十便ある船で行き来している）、高熱で震える二人の病人に囲まれていたジッドは「ミルトンを少しやって」眠りについた。ミルトンといっても酒の銘柄ではなく、強壮剤でも薬用酒でもなく、ジッドが英語で読んでいた他ならぬ『失楽園』の作者のことだ。
この言い方は私たちの関心を引く。というのも、この前日、ジッドはカバの解体を目の当たりにし、その光景と、とりわけ悪臭から立ち直るために「コニャックを少し」飲んだと書いているからだ。カバの肉片は船を悪臭で満たした。

*

「コンゴ川を下りながらジッドはボシュエを読んでいた。この態度は、『フィガロ』紙に写真入りで出る『休暇中の』作家たちの理想型をかなりうまく要約している。」この戯画的な記述（ジッドは休暇中ではなく、十ヶ月の自費での旅行中で、同行したマルク・アレグレが写真をとっていた）は、普段ならもっと繊細なロラン・バルトの手によるものだ。『現代社会の神話』のバルトは時折、クリシェをうまく破壊するためにクリシェを作り出す必要があった。それは詐術でしかない。バルトはジッドに敬服しきっていたのだし、彼自身も中国で雄弁を発揮できなかったのだから。彼は親切にもソレルスが企画した視察旅行のあいだ、毛沢東政権下の現実について何も見ず、何も知らず、また知ろうともしなかった。この欺瞞についてはシモン・レイスが語り尽くしたので、くどくど言っても仕方がない。

ニジェール川とギニア湾のあいだを何度か旅行したのち、ルイ＝ギュスターヴ・バンジェは一八九三年に『探検家になる方法』を刊行した。その後、外務省のアフリカ大陸担当となり、その功績によって一九三六年の逝去の際には国葬となった。

バンジェは「黒ん坊たちのなかのビション」を書いたロラン・バルトの母方の祖父だ。

＊

チャドとナイジェリアのあいだに、もうごくわずかしか残っていない「砲弾型の小屋〔cases obus〕」はユネスコの保護を受けており、それらだけが二つの世界のやむを得ない衝突を表しているのだ。砲弾型の小屋という混種語、この曖昧なイメージについて少し考えてみれば、暴力的な対立を理解するには十分である。

建設手法に関して言えば、それは建築よりもむしろ陶芸に近く、そのことはアフリカにおける大部分の住宅状況を明らかにしてくれる。つまり、現地で見つけた材料で何でも作ることができるし、道具は手だけで十分なのだ。土地に描いた円周によって小屋の高さが決まるのであり、数メートルに達することもあるのだが、計算はすぐに経験則に委ねられ、円形の石垣がだんだん小さく積み重ねられていく。少し傾きのあるこの石垣は、一定の間隔で隙間を土で埋められているので、そこに手足をかけててっぺんまでよじ登ることができる。一棟の小屋を作るのに数ヶ月の時間を要することもある。一段並べるごとに土が乾くのを待たなくてはならないからだ。もっとも、仕上がりは見事なものだ。凹凸のついた卵型の形が完成度と安全性の高さを示している。それ自体瓶のように膨らんだ穀物倉のまわりに、複数の小屋が囲うように集まり、その囲いによって人間と動物を保護しているのである。

多産性を喚起する中身の詰まった形を見て砲弾を思いつくというのは、常軌を逸した想像力の所産でしかない。そのような想像力がアフリカに被害をもたらすことは望まれなかったが、ヨーロッパでは被害をもたらした。

＊

第一次世界大戦が終わるまでにドイツはいくつかの植民地をアフリカに所有することになった。カメルーン、トーゴ、ナミビア。ゲーリングの父親はナミビアのヘレロ族の殲滅を試みた。

ヘルマン家〔ゲーリングの一族〕では大量虐殺には親を思う気持ちが込められているということだ。

一九〇二年、ドイツ軍はカメルーン北部で敗北を喫した。現在カメルーンでは、西欧の軍隊の進行を止めたのは、魔法の木のおかげだと説明されている。この木は別の木によって成長を妨げられながらも現存している。十分に管理され、歴史的記念碑（その一つではあるが）のごとく保護されたこの魔法の木は、ヨーロッパ各地でその土地の聖人が敬われているように、一世紀以上にわたって崇められており、人々がこの木を見に訪れる。しかし二〇〇八年、（遠い自然の中にある）魔法の木から一キロ以上離れた道路沿いに騎馬像を立てることで、この木にまつわる出来事を記念することが決定された。まるで軍事と魔法とは同じ世界になく、領域が異なるのと言わんばかりに。それでも一見すると両立し難いこの二つの現実が現在の文明を作り上げているのであり、同じ精神を分かち合っているのだ。

＊

そこから千キロメートル離れたバミレケ族の国に私は連れて行かれ、使われなくなった採石場を見た――そこで採取される石は、多孔質なポゾラン灰の脆い火山岩で、道路や家の屋根を覆うのに用いられる。現地の若いガイドはなぜこの採石場が使われなくなったのかを説明してくれた。彼曰く、祖先たちが声をあげはじめ、山がおしゃべりになって「触らないでくれ」と叫び、機械が逆回転する羽目になったからだ。

別のガイドは少しあとに次のような話をしてくれた。彼は現場に居合わせていた（キリスト教徒で高等教育を受けていた）。アフリカ人とヨーロッパ人が一堂に会した会議で、それぞれが相手に対して、自分の論理を理解してもらおうとつとめていた。あるヨーロッパ人は三段論法を一例として用いた。すべての人間は死ぬ、私は人間である、だから私は死ぬ。それにたいしてあるアフリカ人が同じように返答した。「雨が降っているが、同時に晴れてもいる、象が子供を産むだろう。」

＊

アフリカはさまざまな社会組織形態、権力関係、血縁関係からなるすぐれた芸術学校だという考えが（少しの間だが）私の頭から離れないでいる。

それらの組み合わせの数は確かに無限ではないが、驚くべき組み合わせはなお残っている。例えば、カメルーン北部の集落ウジラでは、君主《スルターン》は長男ではなく次男に後継される。最初の子供は下書きのようなものでしかなく、小手調べは必ずしも名人芸とは限らないからだ。

アフリカの歴史から引き出せる教訓の一つは、豊かな農作物と高い出生率が国の創設にとって必要だということだ。理由はとても簡単。指導者階級を保持できるのは剰余生産だけだからだ。

＊

蜂は自分たちにとって必要な分以上の蜜をつくる。

＊

二十世紀の最初の数年で、フンバン（カメルーン西部の丘のある国を支配していた十七代目の王の名）の君主《スルターン》は、ドイツの植民地総督の邸宅を見たのち、強固な素材でできた王宮を建設しようと試みた。設計図はなく計算もできなかったので、二階建ての赤レンガの建物が建設されたが、その土地特有の色彩と植生によってドイツ的な特徴はすべて剥ぎ取られた。経験則で建てられたその建築物は現存し（ユネスコによって修復され、さらには補強までされている）、今ではンジヨヤの後継者（その孫で、十九代目の君主《スルターン》）の住居であると同時に、彫像や儀礼で用いられるオブジェ、楽器や草稿などを収蔵した博物館でもある。

その理由は、一八九六年、君主《スルターン》ンジョヤが文字を発明し、口承の物語と薬の一覧を書き写したからだ。この文字は遅れて発明されたため敗北することになる。一九二四年にフランス政府当局によって使用が禁止されたのだ。すでにフランス政府は自国の地方言語に対して同じことを行なっていた。それでも、文字が発明された歴史はわれわれの手元に残っている。父親が買ったコーランを眺め、文字がもつ力や威光を理解した独学者の夢想。その子供は自分の王国を作ることを夢み、王となって領土の拡大を望んだのだった。ンジョヤがある日近親者に語ったように、確かに文字は「その場にいなくても語ること」を可能にしてくれる。

文字は遠くで語ることを、死後に語ることを可能にしてくれる。そしてまた、口から発された言葉に対して忠実である。それは歪曲し、美化し、各人の想像力に任せてしまう口承の伝統とは異なるのだ。口承のそうした性質を証明するために、ンジョヤはある日、バムン国の有力者を招集し、彼らにある話をして、それを数日後に今度は彼らから語り直してもらうよう頼んだ。参加した各人はやはり自分なりのヴァージョンを作っていたので、ンジョヤは文字の必要性を感じたのだった。

ある夢を見たあとで実験が行われた。その夢の中では魔術は復権していた。ある男がンジョヤのまえに現れ、彼に話しかけた。王は黒板に人の手を描き、それからその手を水で消し、描いた手の記憶をもつその水を飲み干すよう言われたのだ。それからンジョヤは国民に同じことをさせた。つまり、すべての人に身の回りのものを描かせ、それからその描いたものを水で溶かして飲み干させたのだ。

国民は一度も成功することはなかった。王自身もまた何度も繰り返したが、その挙句ようやく、今日のわれわれが知っている記号を発明するに至った。最初の五回の試みでは、記号の数が多すぎたので、少しずつその数を減らしていき、七十の記号からなる体系、六つの母音、二つの接辞、十五の「正確な意味を持たない」記号を加えた音節文字に行き着いた。現地で配布された英語で書かれた小冊子にはこうした歴史がすべて書かれており、そこには王の名からとられたシュモン文字がすべて手書きで掲載されていた。実際のところ、どんなフォントも活字ケースもソフトウエアも、アラビア文字や日本語のカナにきわめて類似した記号を書くのにボールペンの代わりにはなりえない。

遅れて文字の歴史をたどり直し、文字についての推察、試行錯誤、模倣、発明を行なったこの王の話から、何よりも、アフリカに関するさまざまな疑問が湧き上がってくる。なぜ文字が無かったのか。文字が無かったために数学的記号も無かった。古代エジプトやアラブ世界にも世界を言い表すこの記号手段を普及させることができたはずなのに。私が思うに（君主ンジョヤの話がますます私の確信を深めた）、メッセージを曇らせ、普通の言葉では言い表せないものをわかりにくく表現し、劣った知性にもっぱら力を与えてしまうような秘教的表現や魔術書があるにもかかわらず、文字と秘密とは――歴史の秘密や神々の秘密とは――対立する。文字は共有を可能にし、現実を注意深く吟味することで、批判的知性を育むのだ。

もう一つ別の疑問は、世界との時間的なギャップである。あの時代に新しい文字を発明することは、火事のまっただなかで火入れ〔土地を肥やすため野や山に火を放ち枯れ草などを焼き払うこと〕を行うようなものだった。というのも、ラテン文字とアラビア文字が世界各地で普及した後、アフリカでの普及が求められた時期だったからだ。ンジョヤの発明は遅すぎたため、彼以外にとっては無用だった。

おまけにフンバンの王宮を訪れると分かることだが、十七代目の王は世界全体がマニュファクチュアや工場の時代だった頃に穀物製粉機（上に漏斗がつけられた歯車装置）を発明している。彼は勢い余って、宗教も創設しようとしたようだが、それについてはほとんど何も触れられていない。

*

自国の歴史や伝統をあちこちに運んでくれると同時に自分の記憶も保存してくれる文字を発明した後、君主《スルターン》ンジョヤは秘密の言語を、秘儀に通じた者にとってのラテン語やサンスクリット語に匹敵する言語を発明する必要を感じた。このことから考えられるのはまたしても、秘密に対する崇拝こそがアフリカ社会の力とまとまりを生み出し、死者以外との交流を制限したということだ。

秘儀に通じた者たちの心の秘密は、部族が暮らす領地の真ん中にある聖なる森に等しい。先祖たちが住まう家よりも足を踏み入れることが躊躇われるこの森は、野生の動物と死者の領域であり、ブラックアフリカにおいては、万物の均衡と世界の存続にとって、われわれのような未知の存在との交流よりもこの見えない存在との関係のほうが重要なのだ。

*

人は動物や死者に話しかけるが、彼らに対して何かを書くことはない。ただしエジプト新王国時代の末期は違った。その頃、筆生らは死者からの信頼を得るために彼らに手紙を書いたのだった。

*

夢の中の迷宮のように、現実世界の旅先で、眠っていた情熱を覚醒してくれる生物や事物、絶えず内面的な生を育んでくれる生物や事物へと私の足が向かうのは、いったいどのような秘密の磁場が働いているからなのか。

例えば、記号を習得するための区切りや、区切りが文明や個人の歴史のなかに刻み込んだ見えない痕跡を私に喚起したバムン国の文字の発明がそうだ。それは、かつて航海において言われていた赤道通過に等しい。通過の瞬間を祝って、酩酊するまで祝杯が挙げられた。空間的にも時間的にもそれ以前と以後とを画する、現実的かつ潜在的な瞬間、唯一無二でありながらその後も長く続く瞬間だ。

*

ポール・コリンズが君主《スルターン》ンジョヤの発明を耳にしていたならば（アフリカは過小評価されている！）、彼はそれについて自著『バンヴァードの阿房宮』で一章を割いていただろう。この本の中でコリンズは、実在の学者や気の狂った学者が、日食で周りが見えなくなった時のように、自分の学問に盲目的になったり、判断ミスで理性を失ったりして犯した輝かしい失敗、無意味な発明、見事な思いつきの数々を並べている。

まず登場するのは、十九世紀アメリカでもっとも裕福で有名だった画家バンヴァードだ。写真の登場と彼自身のミスによって破産したパノラマ画家で、風向きが変わるのを感じ取れなかったダゲールといったところだろうか。バンヴァードの作品はすべて消失してしまった。コリンズの本は、忘れられた栄光、早すぎたあるいは遅すぎた天才、真の創造的な発見に近づきすぎたため悲壮になった贋作者や強迫観念に取り憑かれた者——彼らは土星の環だけでなくシェイクスピア作品でもさまよっている——の寄せ集めだ。

*

自転車は飛行機と同時代の乗り物だ。基本的な作りをしたドライジーネ〔十九世紀ドイツで開発された自転車の基礎となった乗り物〕からアルフレッド・ジャリがまたがっていた独身機械にいたるまでの試行錯誤の数は、熱気球から飛行機までの試行錯誤の数に匹敵する。

*

随分昔から人類学者が言うところによれば、火や泥などとてもシンプルに思えるものを習得することは、最新の発明と同じくらいの能力を必要とする。たしかに最新の発明はより複雑ではあるが、これまでの知の集積が活用できる。

たとえば、中世の終わりまでは、一様で安定した黒の染料を得ることができなかった。ミシェル・パストゥローは黒についての著作の中で、とても長い間、青と黒は同じ色調に属するものだったと指摘している。考えが及べば最近の「青い」作業服の例を取り上げることもできたはずだ。いくらか光沢のある綿を裁断して作られた青いズボンと上着は、黒のバリエーションもあり、それは木こりや未成年者が身につけるものである。それに対して、白の作業服は画家が身につけるが、一般的には建設労働者のためのものだとされる。

つまり機能面の他に、価値づけに対応した色の序列というものが存在していたのであり、色の象徴性が社会階級の序列を裏付けていたのだ。地下労働者（彼らは地底で働いていたが、当時言われていたように、地底では地獄の炎の代わりにメタンガスの爆発が起こっていた）の黒は、本来ならば木炭を燃やしていた森林監護官の色であり、そこから転じて、森で働く人が身につける色となった。地下労働者よりも汚れることや危険性が少ない金属産業や自動車産業の労働者の青は、煉獄の霊魂になったような、状況の変化を思わせる。戸外で働き、建物の上階で口笛を吹いたり、窓を開けてリフレインを口ずさむ人は、月曜日の朝には真っ白な服を着ていたおかげで、空を見晴らす芸術家に変貌した。

今日では、誰もが身につける黄色いベスト〔フランスでドライバーや道路作業員が路上での作業を行う際に安全確保のために身につける〕が風景を変容させ、どのような場合でも、私たちのセキュリティーに対する強迫観念を誇示しつづけている。それは、長いあいだ不純で、時に不名誉だとみなされたこの呪われた色からの復讐なのだ。さもなくば労働に関する打ち明けにくい感情を表現しているのかもしれない……

＊

ピーター・アクロイドは、しばしば時代ものの絵画のような様相を呈するシェイクスピアの伝記のなかで、街中でも舞台でも色鮮やかなエリザベス朝時代のロンドンの姿を喚起している。「市民という市民が（といっても、こちこちのピューリタンや、貴族的な商人階級に属する謹厳な人々はその限りではないが）色彩の鮮やかさ、その新奇さ、そして服飾品の豊かな細部を重視した。特大の絹の薔薇を靴に飾るのが流行った。どんな服装をしているかでどんな職業についているか一目瞭然だった。街灯の物売りさえも、その役割を示す服を身につけていた。娼婦たちは自分の商売を宣伝するために青い洗濯糊を使った。徒弟たちは、冬にはガウン、夏には青いマントを羽織り、また青いズボンと白い靴下、平らな縁なし帽子も着用しなければならなかった。」同書の後のほうで、グローブ座では小道具係が青い制服を身につけ、舞台上では召し使いの役が同じく青の上着を身につけていたと記載されている。

＊

十五世紀末のアルメニアでは、キリスト教徒は青色の記章を身につけなくてはならなかった。

なぜ青色だったのかは歴史家のみが知るところなのだろうが、それもどうかは怪しいものだ……色には普遍的な意味はなく、この地域の外に出れば、青色は〔ジョゼフ・〕ロージーの映画の男の子の緑色の髪と同じく意味はない。この映画でロージーは反ユダヤ主義の不条理と、あらゆる差別の恣意性を示そうとした。

＊

こちらにおいで、夜の黒い鷹匠よ
昼のまぶたを縫い合わせる時間だ。

ピーター・アクロイドの『シェイクスピア伝』の中の拙い翻訳の引用から私なりに作り直したこの詩句のことを考えながら、二週間アルメニアで散策し続けた。シェイクスピアのさまざまなイメージが、春の花々のごとく開花し、その後すぐに死んだ星たちの放つ暗い光と人間の悲哀のヴェールによってそれらのイメージが陰りを帯びることになった。それもそのはずで、シェイクスピアは誰よりもコントラストを巧みに利用できる人物だったのだから。

毒は金の杯に注がれると苦さを増し、

夜は稲妻の閃光で暗さを増す。

＊

北欧神話では、記憶と思考は二羽のカラスで、弱った片目の神オーディン〔北欧神話の主神で戦争と死の神〕にさまざまな情報を伝えるため世界中を飛び回っている。思考のカラスはフギン、記憶のカラスはムニンという名だった。二羽はほとんど同じ見た目だが完全に同じというわけでもなかった。それでも、共にハゲタカのような姿をしていて、過去を食べて滋養としていた。

北方を支配していた神の二羽の黒い鳥たち、

私は喜んでこの二羽の鳥を、古代ギリシャの白い光の中で死者たちの記憶をもっていた双子〔カストルとポルックス〕の横に並べる。

＊

ヨルバ族の占い師は数百の詩句を暗記することで、記憶力の訓練を行なっていた。イファ

〔ヨルバ族の神〕占いの言葉であるそれらの詩句から、占い師は意見を求められた事案に対応する二つか三つを選びだす。イフェ地方で十七世紀の占いの盆が見つかり、こうした実践を裏付けるものとされた。

私たちの文化でも同じような実践を想像してみる。すべての詩作品を記憶しているような暗唱者にその仕事は委ねられる。彼らはそこから各人にあった引用部分を引き出すのだ。

偽善の読者である、わが兄弟よ
おまえはイドゥメアの夜の子供だ。

あるいは

二度勝者となったおまえはアケローン川を渡った。

私たちの中には記憶を取り戻したり運命を認めたりして、心安らかに幸福に再び旅立ってゆくものもいれば、アフリカの典礼のような異質な表現を前に嘲笑するものもいるだろう。

＊

西欧では数世紀のあいだ、数百・数千の詩句を人々が暗記した。だから、劇場に限らず、声をあげて詩句を詠みあげる人々を想像してみなくてはならない。サロンで台詞のやりとりをする男女もいただろう。脚韻が暗記の助けとなる時、詩句は音を伴う騎行、規則に則った戦い、永遠の泉のように思え、そのおかげで孤独を満たす男女もいたはずだ。歩いているとき、眠ろうとするとき、川岸や森の外れで何もすることのないとき、多くの内なる声が聞こえてくる。それらの声は、ひとつの部屋と同じくらい明確な虚構的空間を生み出す。声の反響のおかげで、盲者であってもその空間の奥行きや形までが分かるのだ。

アレクサンドラン〔十二音節詩〕かどうかを確認しようと、小学生が指を折って十二まで数えるようになってから、詩句は平板なものになってしまった。

＊

『バヌーヒラル族の振る舞い』は南チュニジアにたどり着いたアラブ人の話で、ある人に言わせれば、アラブ人による征服と残虐が語られており、別の人に言わせれば、彼らがゆっくりとその地に浸透していった様子が語られている。いくつも枝分かれがあるこの物語は二十世紀の最後の三十年くらいまで口承の伝統に支えられて語り継がれてきた。朗唱する人はそれぞれ、暗記していた何千もの詩句に自分なりの変化や即興を加えてきた。

朗唱者の一人は、この物語詩のおかげで生涯にわたって記憶力が訓練され、もらった飲み水がどこから湧き出たものかを当てることができた。どの井戸にも他にはない独特の味があるからだ。

＊

フランスでは、ワインのおかげで感覚に関する記憶が鍛えられる。大部分のぶどう栽培者は収穫をはじめて以降、季節を経るごとに気候を記憶する。シノン近郊で出会った栽培者は、石灰質の土地で獲れたワインを飲むと、チョークの味と子供の頃通った学校のことを思いだすという。

＊

「野蛮を出、畜生を離れて、自然へ帰らなければならない。」文集の冒頭に置かれた芭蕉のこの矛盾した厳命は、日本では自明のことのように思える。というのも、かの国では、自然とは人の手の介入していない野蛮な世界の混沌とした状態、未開の精神にも似た錯綜したイバラなどではなく、生きるため、瞑想するための場所を整備できる洗練された空間だからだ。

*

ジョン・アイリフの書いたアフリカ史の中で、古代エチオピアの敬虔な人間が奇跡を果たし、農民を野生動物から守ったという記述を読んだ。「聖人だけが自然と文化の境界を超えることができ、獣の中で隠者の生活を送り、野生の産物を食べて生きていくことができる。」

何の変哲もない指摘のように見えるが、それでも人類学的な次元での聖性について理解させてくれる。聖人とは三つの異なる世界のあいだの通訳者なのだ。聖者は神の言葉、人間の言葉、動物の言葉を理解し、三者間の会話をとりもつ。これはエチオピアに限った話ではない。聖ヒエロニムスとライオン、聖フランチェスコと鳥たちは、ティグレ高原の聖テクレ・ハイマノットと同じ役割を果たしている。西欧の聖人たちもまた、聖母が現れ良き感情が勝利を収めるまでは、苦行者や魔術師も同然だったのだ。

*

ジル・ドゥルーズは『アベセデール』の冒頭で、動物について即興的に語りながら、動物を作家になぞらえている。動物も作家もいずれも限定された領域ないし世界を有しているが、それは自分だけの固有な世界である。そしてとりわけ、動物も作家もいつも警戒している。
家庭に隠遁し、大きく目を開いて一晩中書き続けたカフカのように。

*

自然の動物というものは存在しない。というのも、動物は複数の世界に属していると私たちは考えるからだ。狼は寓話と紋章の中の存在であると同時に、夜に目が利くため盲者たちの守護聖人に同行する動物であり、群れをなして狩りをし、雪の中にあるいは映画のスクリーンに足跡を残す動物でもある。
私を怖がらせるのは現実の動物だけだ。

*

熊にとって熊は人間である。

III

ある夕食会の終わり、私は両親がどこに泊まるのか不安に思った。母は「お前の兄弟のところよ」とささやいたが、かろうじて耳に入ってきたその言葉は、ついに明らかにされた真実の輝きを放ちながら激しい爆発のようなものを私の中に引き起こした。私には兄弟がいるのだ。夢の続きで、彼は私に会うことを求めてきた。その時、私を驚かせたのは、私たちがまったく似ていないということだった。まるでこの隠し子は偽物の兄か不実の友であるかのようだった。ある幻想から生み出されたこの人物はそっと家族の歴史のなかに入り込んで来た。彼は密航者のように予告することなく現れたのだった。

＊

「兄を殺したんだ。カービン銃で遊んでいた時に兄を殺した。僕は七歳だった。女手一つで僕たちを育ててくれた母は二日間家を留守にしていた。僕にはコニー・アイランドへ向かって逃げるだけの時間があった。浜辺に行って、海水浴客やアイス売り、恋人たち、巡回中のお巡りたちの中に身を隠したんだ。二日間、群衆に紛れて過ごした。するとそこに兄が現れた。彼は死んだふりをしていたというんだ。僕の姿が見えなくなったから、今度は自分が怖気づいてしまって、僕を探し始めたんだ。母が帰って来るまでに帰宅できるギリギリの時間に兄は僕のことを見つけた。母は、自分がいないのをいいことに僕たちがテレビでも見ているのだと思い込んでいた。」

『小さな逃亡者』の主人公ジョイは、自分に起こった月並みではない冒険をそう語っている。この物語は、『ムーンフリート』と『狩人の夜』とともに五〇年代に幼年期を描いたアメリカ映画の中でもっとも美しいものの一つだ。この映画の魅力は映画的であると同時に写真的なモノクロ映像、信頼できないが説得力のある殺人者ジョイをはじめとする役者の演技に由来する。しかし、それ以上に、真実らしからぬ現実感覚《リアリズム》のおかげでこの映画があたかも幼年期のようであることが魅力となっている。現実の中で何かを括弧に入れて夢想する時や、時間を止めて自分が英雄になることを空想する時のように、観客はこの真実らしからぬ現実感覚を信じてしまうのだ。この映画全体が、偽りの恐怖と不当に奪われた命の感覚を、そして、逃亡と名誉、冒険と自立に対する憧れを、つまり一言で言えばゲームに対する憧れを再現しているのだ。まるで自分の幻想をかつて写真にとっておいたかのように、そして、眠ってしまう前に作ったシナリオを大人になって読み直そうと保存しておいたかのように。

よく思い浮かぶ思い出の代わりに幼年期それ自体を再現できるのは、成功したフィクションの力によるものであり、その力によって、自分の姿を、ただし、ナルシシズム的な静止画ではなく、生きて全速力で走っている自分の姿を見させてくれるのだ。

＊

「天才とは思いのままに見出された幼年期でしかない。」ボードレールのこの言葉はよく引用されるが、人を欺く魔法の言葉に仕立て上げられてしまった。文章の続きを省略することで、この言葉はまやかしの簡便さを得ることになってしまったのだ。ボードレールにとって天才とは思いのままに見出された幼年期ではあるが、それは「自分を表現するために、男性的器官に今や恵まれ、無意識のうちに堆積した素材の全体を秩序立てることができる分析的な精神をあわせもった幼年期でしかない」。こちらのほうがはるかに興味深く繊細な考えであり、一層、真実に近い。重要なのは、かつての幼年期をそのまま思い出すことでも、自然や聖霊に語らせるように幼年期に勝手に語らせることでもなく、解釈すること、さまざまな関連づけを行うこと、プルーストが言う「巨大な思い出の建物」を建立するためのさまざまな形を生み出すことだ。見直され修正された幼年期、無意志的記憶によって大きな変容を被り、今現在の世界から受ける印象のネットワークに捉えられた幼年期が重要なのだ——それは今なお生き続ける幼年期であり、永遠の現在時がその意味内容を絶えず変更し続ける。

それこそが、永遠に続くおしゃべりに話題を提供する恭しく保存された思い出と、詩が生まれる精神状態ないし生命環境である記憶との根本的な相違だ。

＊

野生で育った子供が発見された時に、天才児があちこちに出現した。その時、発見されたのはまさに幼年期そのものだったのだ。新しい現象が生じると必ず、まず私たちはその極端な側面に目を向けていたのだ。

＊

私が「記憶（mémoire）」という語にこれほど愛着を覚えるのは、おそらく、「モアレ（moire）」という語がそこに含まれているからなのだろう。「モアレ」とは、かつては厳かな神性を意味していたが、今日では、光の具合でさまざまに色が変化し、端の方が輝く、すぐに破れてしまう織物が頭に浮かぶことだろう。「モアレ」とは、影たちが織りなす風景であり、かつては神々の死装束に使われていた糸の不規則に編まれた布地なのだ。

*

「夜になると、魔女たちは蜘蛛の巣で大地全体を覆う。魔女たちは糸の先を手に持って、もう一方の先端を世界中のあらゆる扉に結びつけるのだ。誰かが外出しようとすれば、蜘蛛の巣は揺れる。魔女たちはそれを感じる、引き起こされた恐怖は闇の中に消える。朝になると、残っているのはただ枝や扉の取っ手に掛かっている蜘蛛の巣の切れ端だけだ。」

アシャンティ族〔アフリカ西部の民族〕の伝説に出てくる、日の出になると引き裂かれていたこの蜘蛛の巣は、『マクベス』冒頭の荒野の霧と魔女たちが逃げ去る場面を思い起こさせる。一瞬早く幕があがったために、不吉な予言のおしゃべりをしていたパルカ〔ローマ神話の運命の女神〕の末裔たる老いた魔女たちの姿を不意に捉えてしまったのだ。

同じ蜘蛛の巣と霧が、蜘蛛巣城を包み込む。黒澤明による『マクベス』のアダプテーションでは、運命がこの薄明かりの城で告げられることになる。この日本の映像作家が世界全体を隠喩的に表現しているとしても驚くことは何もない。日本では庭が蜘蛛の巣で覆われていて、それを破ることなくそのまま残しておくのだということは知られているからだ。日本では、壊れやすい世界の美しさを台無しにしてはならないし、運命の糸を自分で切ってはならないのだ。

＊

最近、情景こそ違うものの同じ悪夢を何度も見てしまう。昨晩は、東京と思しき都市で探していた道を見つけられないでいた。目印のない迷宮にとらわれた私は飛行機に乗ることもできなかった。時間に遅れ、搭乗券に手違いがあり、それればかりか高速道路のランプが私を空港へ連れてゆくどころか遠ざけてしまった。

こうした悪夢にはどれも同じ不安がある、この支配的な感情、周囲の状況よりも強いこの感情のせいで、私は次のように思ってしまう。夢というものはただ現実から素材を得て作られるものではなく、それ以前に見られた数々の夢からも作られるのだと。この永劫回帰の印象こそが、悪循環の、つまり悪夢であるという印象をいや増しにする。

＊

私は回想が好きではない。映画におけるフラッシュバックは私のなかに不快感と焦燥とを引き起こすのだ。本筋に戻るために、私は開いた挿入句が再び閉じるのを待つ。私にとって堪え難いことは、過去がイメージからイメージを経て一語一句そのまま記録されうるという事態だ。結局のところ、それは前もって予告されている過去であり、もはやいかなる驚きも含んでいない。最悪なのは、たいていフラッシュバックの映像とともに流れるオフの声のナレーションだ。それは死後の声なのに、生き生きとしている。

*

パリに滞在していたマンデリシュタームは、一九〇七年十月からコレージュ・ド・フランスでベルクソンの講義を聞き、諸現象のあいだの関係性を描写するため、ベルクソンから扇のイメージを借用した。厳密に線的な因果の鎖よりも現実により近いこの扇のイメージは、科学と詩の双方に、そして端的に精神的な生に適用されるもので、精神的な生こそあらゆる詩人にとっての主要な関心であり、詩人が吸い込む空気であると同時に詩人の経験領野なのである。

ベルクソンの思想はマンデリシュタームのなかに残り続け、十五年後、「言葉の本性について」というエッセイでその記憶が（扇のイメージとともに）よみがえることになる。「ベルクソンは諸現象を、それが時間内の継起の法則に服従しているという観点からではなく、いわばそれが空間内に拡張しているという観点から分析した。ベルクソンの関心はもっぱら時間的な制約から解放された諸現象の内的結びつきであり、それだけを取り出して検討することだった。相互に関連づけられた諸現象は扇のような形をなし、時間のなかでその中骨を開くこともできるし、人間精神はそれを折りたたむこともできるのだ。」

もう少し後の箇所で、マンデリシュタームは、思考方法におけるベルクソン的な変革から、可能な限りの帰結を引き出している。「因果性ではなく関連性を原理として組み立てられた学問は、進化論の有害な永続性に従うことはない。ましてや、進化論の俗説である進歩思想に関しては言うまでもない。」

*

「会話の意図は、手から手へ密かに渡される指輪のように、チェス盤でマスを飛び越えて移動できるナイトのごとく、とりとめもなく話題があちこち飛ぶなかで、消えていった……」

マンデリシュタームのこの素晴らしい言葉のおかげで、テーブルの下で大人たちの会話を聞いていた頃の自分を思い出した。聞こえてきたのは会話の内容だけでなく、その脱線、余談、飛躍、何の根拠もない類推。

しかしここで私は二つの時期を混同している。一つは本当にテーブルの下にいた幼年期で、世界について雑談をし、私の今後をどうするかについて決めていた半神たちのおしゃべりの中に身を置いていた。もう一つの時期は、延々と続く食事の間ずっと彼らとともにいなくてはならなかった時期で、偶然まかせの会話の流れのなかに、それでもひとつの音楽と建築とを見出そうとすることで、退屈をしのいでいた。

*

父は話をしていると必ず余談を挟んでしまうのだが、だからといっていつも本題に戻るわけではなかった。父が言葉を探しながらたどたどしく話しているあいだ、たいていの場合、私はプロンプターとなり、自分からは何も喋ることができなかった。

時折、かっとなって突然声を上げると、沈黙の中で自分の声が鳴り響くのを感じた。そして、このぎこちなく発せられた言葉から、適切な語を用いることの喜びが感じられたのだった。

*

北極圏の言語において雪を意味する語がもつ限りないニュアンスは私たちを驚かせ、民族学者や言語学者たちから数々の注釈を引き出す。

ハウサ人〔主にナイジェリア北部及びニジェール南部に居住するチャド系民族〕においては、かつて塩という語に関して同じことが言えた。

サハラ砂漠を横断して隊商が高価な塩を運んでいた時代の話だ。

雪を意味するすべての名詞と塩を意味するすべての名詞

数日前から、歩きながら私はこのアレクサンドランを口ずさみ、心を和ませる。これ以外は白紙のまま。目もくらむほどの白さ。隊商を引き連れて歩く心的空間のようだ。

＊

書物には二種類ある。一つは、一刻も早く読み終わりたいとワクワクしながら一挙に読んでしまえる書物。もう一つは読みながら、顔を上げて、夢想に誘われて、微睡《まどろ》みと浮遊のあいだで繰り広げられる心の旅に身を任せられるような書物。

書物を発明していなければ、人類は空飛ぶ絨毯など決して想像できなかった。

＊

世界のいたるところで、場所と職業が家族姓を作り上げてきた。このことは普遍的な事実である。

スミス、シュミート、ルフェーヴル、ファッブリはいずれも鍛冶屋。クズネッソフもそうだ。デル・リオ〔ポルトガル語で「川」〕やカワバタの系統樹を潤しているのは川の流れであり、ファン・デン・ボッシュ、モリ、リゲティは祖先が暮らしていた森からとられた名前だ。キングや王《ワン》という名はかつて戴冠していた人々を指し、メリックやルロワも同じ。ケルテスとデュジャルダン、ル・フユールとルサージュ、ホヴァネシアンとジョンソンは、本人たちはそうとは知らないが、実は同じ意味の名前だ。多様な言語が存在しているので、本来なら極めて自閉的な体系の中であっても、幸運なことに同様のケースが繰り返される。

*

エドゥアール・グリッサンは最近、世界の「クレオール化」と呼ぶものをもう一度擁護し、普遍主義の拒否を宣言していた。というのも普遍主義はさまざまな差異を否定することで植民地化を引き起こすことになったからだ。グリッサンの躍動を心から望むが、それでもやや性急に事を運んでおり、細部にこだわるあまり大事を逸していると思う。というのも、とりわけ奴隷禁止を導くような普遍原則を提唱したフランス革命期の演説家たちと、植民地支配を正当化するために文化の序列を押しつけたジュール・フェリーの演説のあいだには大きな隔たりがあるからだ。

植民地化は革命派が擁護した普遍原則に基づくものではなく、反対にそうした普遍原則の明確な否定なのだ。一八八〇年〔植民地拡大を推進したジュール・フェリーが首相になった年〕には普遍原則と植民地主義の混同は虚偽であり許しがたいものだったが、今日では悔やまれるものとなっている。この混同は変わらず危険なものである。

*

スイスは私たちからすれば近隣のパプアニューギニアと言えるが、そのことをあくまで見ないようにしている。私たちはもうパプア人をからかうようなことはしないことにしたが、スイス人に関しては二、三の紋切り型で満足しており、そうした紋切り型を告発するためとはいえ、この場でまたそれを繰り返さなくてはならないことを私は恥ずかしく思う。

ところで、スイスといえば、牛の乳搾り用の腰掛けだけではない。スイスには仮面があるのをご存知だろうか。確かに、バーゼルにはカーニヴァル団体や楽団があって、二月になれば巨大な面をかぶった人々が通りを歩くことは知られている。しかし、絵葉書や宣教師の冊子から着想をえた、まだ百年ほどの歴史しかない、レッチェンタールの煤で覆われた仮面はどうだろうか。赤ら顔の酒飲みや両性具有者の仮面や、麻や木で作られたスフナサ〔*sufnasa*〕、スマーフ〔*schlumpf*〕、ジョシュイ〔*joshui*〕の仮面のことは知らないのではないか。今日ではフリブールの博物館に所蔵されている頭部や聖遺物箱やヴァニタス画や聖プロスペルの横臥像は？　それらは一九九九年にパリで開催された見事な展覧会「死は何も知らない」展で、オセアニアのオブジェに囲まれながら少しもその美しさを損なっていなかった。この展覧会は、メラネシアやバヌアツでの死者崇拝と同時に、かつて外国人傭兵や脱走兵が多くいたスイスの峡谷地域でどのように悪魔祓いが行われていたのか、冬が終わってから再び日の光が戻ってくるのを待ちながら、人々が夜の悪魔たちにどのように立ち向かったのかを知るまたとない機会だった。

　ニコラ・ブーヴィエを注意深く読めばそれほど驚きはない。ブーヴィエは『世界の使い方』の著者であるだけでなく、彼にとっては鼠使いやトリュフの採集犬と同等の図像調査士でもあったのだ〔ブーヴィエ自身がそう述べている〕。ブーヴィエはこの珍しい職業の生みの親であり、生涯を通して図像調査士であり続けた。そしてＷＨＯ〔世界保健機関〕のために行なった眼の調査から、この職業に関する著作まで書いてしまった。少なくともゾエ社で刊行された三冊、『スイスの民衆芸術』、『身体、世界のイメージ』そして『あるイメージの物語』はそのことを証言している。ニコラ・ブーヴィエはさまざまな図像を求めてスイス中を回り、そこからすぐに頭の中で詳細な注付きのカタログ《カタログ・レゾネ》を作り、世界地図を作成した。その地図のおかげで、彼は道端で、なかなか見当たらない美術館で、辺鄙な場所にある図書館で、つまり数多の国境、数多の時代が交錯し消えてゆく空間で、いろいろな出会いを果たしたのだった。こうして作られた世界地図は最終的に精神の渦巻き運動に似ている。そればかりか、すぐに忘れられてしまったスイスの起伏に、あるいは、捨てられて風雨にさらされた古い書物の皺くちゃで、膨らみ、反り返ったページに似ているのだ。それは山に囲まれた閉所への恐怖について語り、読者を旅へと誘うような書物だ。この書物の余白に、ニコラ・ブーヴィエはエリュアールの言葉を何度も繰り返し取り上げている。私もまたよろこんでここで取り上げよう。「別の世界は存在するが、それはこの世界のなかにあるのだ。」

*

アルメニアと高地カラバフのあいだの山岳の二つの頂を越えたところに、錆びた板金に線画で描かれた鳩がいる。聖書や彩色文字よりもずっと昔の、あの大洪水の話がよみがえってくる。それは、料理の残り物と同じような意味での、ある古い歴史の名残りなのだ。実際のところ、アララト山〔ノアの箱舟が到着した場所と言われ、そこから鳩が放たれたとされる〕は浮島のように浮かんでいて、鳥の翼がそこをかすめる。現在トルコ領にあるアララト山は、晴れた日には国境向こうのアルメニア人にもその姿を見せる。この亡命した山〔かつてはアルメニア人が居住していた場所だった〕はまた、失われた領土を思い出させる以上、消えることのない歴史を物語ってもいるのだ。

*

大洪水ほど自然なものはない。どこにいても必ず水に囲まれているのだから。

＊

ステパナケルトの道路で（エレバン〔アルメニアの首都〕から四百キロの地点、ガスで走るラーダ〔ロシアの自動車〕に乗車していた）、アゼルバイジャン領土内のアルメニア人居住地であるカラバフという地名が「黒い庭」を意味することを知った。その時、猛吹雪と濃い霧が、息が詰まるほどの白さで私たちを包みこんでいたので、黒い庭と言われても、綿毛のような周囲の光景と同じくらい非現実的に思えた。しかし、その綿毛のような光景も、運転手が執拗に左側を走ろうとするので、不吉な前触れに思えたものだった。

その後の数日間、黒い庭の由来を知りたいと思った私に、誰もがそれを説明してくれた。数世紀の不幸な時代を経験した人間の心の闇だと言う人もいれば、コーカサスの砂利だらけの土地とは全然違うとても肥沃な土地を意味すると言う人もいた。とくに強く印象に残っているのは、誰一人としてこの黒い庭には起源や意味があることを疑っていないということだ。語源にはしっかりとした地面があるはずであり、隠喩は長い間、雲の中に留まってはいられないのだ。隠喩は枯渇したのちに恵みの雨となって、あるいは言葉と同様ふわふわした雪となってあちこちに降り注がれなくてはならない。だが積もった雪の層はとても薄いので、決して現実を覆いつくすことはないのだ。

アンリ・ミショーによれば、精神に異常をきたしたものは隠喩を生きているのであり、プロの詩人と同様、ある隠喩から別の隠喩へと移ることができないのだ。

だが「プロの詩人」とは何なのか。アンリ・ミショーがこんな表現を使うことに驚きを覚える。たとえ彼が自分のことをアマチュアだと思っていたことはおよそ疑いようがないとしても。

*

「現在のインド＝ヨーロッパ語では、ほとんどすべての語が隠喩だ。」レミ・ド・グールモンは『フランス語の美学』でそう述べ、とりわけ動物と植物とを特権的に扱っている。キクイタダキ〔スズメ目の鳥で「小さな王」という意味で用いられる〕、イイズナ〔イタチ科の動物で「かわいい少女」という意味で用いられる〕、ヒマワリ〔「太陽」の意味で用いられる〕は彼に豊富な証拠を提供してくれるだけでなく、比喩の限りない喜びももたらしてくれる。

レミ・ド・グールモンを愛読していたボルヘスにとって、この現象はより一般的で普遍性を持つものだった。彼はすべての名詞が隠喩だと考えていた。

*

旅行中ボルヘスを再読する。すると、彼が鏡と複製に取り憑かれていること、類似に対して憎悪を抱いていること、所作や生活や夢や書物が無限に反復することに眩暈を覚えていることを改めて確認できる。

＊

マドリードに到着すると、マーガレット・キャメロン〔イギリスの女性写真家でアーサー王伝説を主題とした写真で有名〕がカメラをプレゼントされたため五十歳になって写真を始めたことを、友人から聞いた。私にもまったく同じことが起こったのだが、キャメロンから百年後の話だ。

人はしばしば孤独だが、唯一無二ということは決してない。

＊

私はブーローニュの森よりもガラパゴス諸島についてのほうが詳しくなってしまった。ガラパゴス諸島のアオアシカツオドリはパートナーを見つけると、まるで鏡の前にいるかのように、相手の動作や移動をすべて真似ることで自分の喜びを表現する。

この話から人間のカップルについて何か帰結を引き出すことだけは控えておこう。

＊

自分のことを、散文も韻文も一変させるほどの大胆な詩人だと思う者は、ゲーテが晩年に抱いていた夢を叶えていることにある日気づく。「もし私が、まだ若くて十分に大胆であれば、故意にそういうすべての技巧上の思いつきなどにはさからってやるのだが。私はそれがふさわしいと思えば、頭韻法でも、半諧音でも、誤韻でも、何でもかでも思いつくままに使ってやろう」（『エッカーマンとの対話』、一八三六年）。

老境に入ったゲーテのこの打ち明け話に、私は完全に自分の姿を見てしまう。ゲーテからの影響はまったくないが、韻文の構成法に対する同様の疲弊から同じ帰結に行き着いたのだ。

＊

ボルヘスは、隠しきれない悪意を含んだユーモアと共に、フランスの作家に恨みを抱いていて、彼らはイギリスの作家よりも劣っていると考えた。

ボルヘスが『千一夜物語』について語るとき、彼は必ずバートン版を用いた。彼に言わせれば、あんなに作品が少ないランボーを偶像視するにはフランス人でなくてはならないとのことだ。ボードレールに関してはさまざまな影響が挙げられる。詩篇「アホウドリ」はコールリッジとその古老の船乗りからの影響が、『人工楽園』にはトマス・ド・クインシーからの影響が、物語作家としての技量に関してはエドガー・ポーからの影響が言われた。ボルヘスから見れば、プルーストですらキプリングより劣る作家だった。ボルヘスは意地悪い喜びから、グールモン、シュウォッブ、レオン・ブロワなど脇役だと見なされていた作家を誰よりも優れた作家とみなした。

さらに思い出すべきは、自分を不死だと思い『ドン・キホーテ』を一字一句コピーする仕事人ピエール・メナール〔ボルヘスの短編「『ドン・キホーテ』の著者、ピエール・メナール」の主人公〕が、ニームの象徴主義者《サンボリスト》で、「エドモン・テスト氏を産んだヴァレリー、その彼を産んだマラルメ、その彼を産んだボードレール、その彼を産んだポーをとりわけ熱愛する」地方詩人だということだ。

*

受け継がれていく世代について考えるとき、思い浮かぶのは樹木のイメージではない。それだとあまりに規則正しく、調和的で、それぞれの人生があまりに一様であり、その枝々の先に庶民は王座が花開くのを夢見てしまう。

そうではなく、私の念頭にあるのは河川のイメージだ。さまざまな支流が合流し、結婚するかのごとく一つに混ざり合う、不確かなその流れは、多少の差こそあれ短くて濃密な複数の人生に似ており、それぞれが遭遇するさまざまなアクシデントによって平坦ではない傾斜を辿り、最後には記憶のない巨大な穴としての大海原へと流れ出るのだ。

このような感情的な地理を信頼するなら、ヴィレーヌ川はオアーズ川に合流し、オアーズ川はセーヌ川に合流する。そして私が出会うすべての川で、押し寄せる高波が時間を遡ろうとするが、逆流することのない流れにすぐに押しとどめられてしまうのだ。

＊

「起源のない過程を起源に向かって遡っていくことは不可能だ。どこで始めても、すべては運動であり前段階からの継続なのだから。」ノルベルト・エリアスは風俗史からこのような考え方に至ったのだが、この点でエリアスは心ならずもモンテーニュに通じている。これ以外の道筋でも両者は合流するのだが。

＊

人生のさなかで、数世紀にもわたって続いてきた慣行や身振りまでもが消えていくのを経験することがある。例えば、父は工場に行く前にスープを飲んでいたが、ブラックコーヒーを飲むようになった。そして、ナイトガウンを着ていたのにパジャマを着るようになった。

今でも、農民たちが素手で鼻をかんだり、一切れのパンを皿代わりして親指とナイフを使って食事をするのを見かける。

＊

フォーク、ハンカチ、ナイトガウンはルネサンスの同時期に生まれたものだが、浸透するには多少なりとも時間がかかった。

アンリ四世は晩年に五枚のハンカチしか持っていなかったが、ルイ十四世はハンカチを収集していた。フォークに関して言えば、まったく新しい道具だったので皆うまく使いこなせなかった。パリの中華料理店で箸が使われはじめたときと同じくらい、人々は不器用になったものだ。

＊

ブラックアフリカから太平洋の島々まで、腰巻き、スカート、ケープ、さらには王家のコートの素材として使われていた繊維と樹皮は、二十世紀初頭にいたるところで同時にプリント生地を許容することになった。プリント生地は作るのがより簡単だし、持ち運びもしやすい。その上、その目新しさが魅力で、パレオやブーブー〔アフリカで着用される長衣〕などの新しい流行を生み出すことになった。

一八七五年、トンガの国王は、こうした動きを先取りしていた。何日も何ヶ月もたたいて柔らかくした樹皮の布であるタパの製造を国民に禁じたのだ。国王は生地の取引をコントロールし、途中で介入して利潤を搾取したのだった。

こんなことに驚くようではナイーブと言わざるをえない。それは、歴史も腐敗もない社会の存在や、いにしえの黄金時代を素朴に信じているに等しい。だが、そのような現実離れした時代というものは単なる幻想というだけではなく凡庸な夢にすぎないのだ。それはいつもぬるくて温度が一定の水が流れている庭や、倦怠が全面的に支配するような欲望のない人生を夢みることだ。カンギレムはこうした夢を、穏やかではあるが悪意のある言い方で「黄金時代のささやかな満足」と呼んだ。

*

苦痛に対する不安さえなければ、病院は私たちが生命を細々と保つことのできる保護区の一つである。規則的な時間、味気ない食べ物、雑音が抑えられた綿毛のような雰囲気、すきま風や温度の急変、あるいは自殺を避けるための二重ガラス。この人工的な世界では、私たちは自分の身体に耳を澄ませることしかできない。ここは語のあらゆる意味で煉獄なのだ。

少し回復すれば、大声を出したいし、廊下を何度も往復したいし、看護婦には枕元で楽しく踊ってもらいたいものだ。

＊

ボエティウスは『哲学の慰め』の冒頭で、寝室で横になっている自分の姿を想像している（目を開けているのか閉じているのかは書かれておらず、これまでこの場面を描いてきた画家たちもそれぞれ決めかねてきた）。そこでの静かな瞑想はメランコリーを、そしておそらくは嘆きや涙までをも引き起こし、ボエティウスはすぐに〈記憶〉の娘たちに取り囲まれることになる。この娘たちは彼に詩人の言葉をささやくミューズである。すると彼の枕元に（正確に言えば、彼の頭上に）誰よりもいかめしい表情の婦人が姿を現した。哲学の化身であるこの婦人は病人〔ボエティウス〕に対して何もすることができず、「見世物になっているこれらの娼婦たち」に嫉妬している。

この場面を読みかえす（むしろ「見なおす」と言うべきか）のがこんなにも好きなのは、それがもつ催眠術のような力と記述の深い正確さのためだ。この場面はたった数行で、詩的霊感が生まれるのに適した寝方について、また、詩的霊感とともに生じる数々の幻覚の靄について、それから、病人とみなされている人物の中で若々しさとメランコリーとが混じり合うことで、夢想の喜びが書くことの喜びへと変容するさまについて、余すところなく記述している。しかし、何よりも私を喜ばせるのは、詩の魅力を前にしたときの哲学の不安である。詩が魅力的であるために、哲学はお仕置きをする母親に、あるいは娼婦小屋のおかみにすら姿を変え、艶かしいライヴァルたちに向けて概念という黒い犬を放ち、彼女たちを追い払おうとしたのだ。

＊

「王家の血を引くある王女が文句も言わないで床を洗うだろう。」

精神医学書のなかのこの言葉を、アンリ・ミショーは『深淵による認識』のあるページの下に小さな文字で引用している。小さな文字だったが、この一文を読んで以来、それは私の中でどんどん大きくなりはじめ、ページを占拠し、残りの部分をすべて真っ白にしてしまった。それはまるで大きな樹木のようで、その影のせいでこの一文だけが際立つことになった。

なぜこの一文が執拗に語りかけてくるのか私にはよくわかっている。これは物語と悪夢が混ざり合った話で、この女は王女であると同時に下女であり、汚れを残したため彼女自身できれいにしなくてはならなかった王家の血のせいで屈辱を受けているのだ。こうした形勢の逆転、運命への復讐こそが私を喜ばせる。幼少の頃、何度も母や母の姉妹、そして周りにいたほとんどすべての女性が頑固な汚れを落としているのを見たし、男たちが日曜の食後カードゲームに興じているあいだに彼女たちが食器洗いをしながら私生活について話しているのをたくさん耳にした。だから、女たちは男系の王女〔＝血の王女〕なのだ。

*

頰の赤あざ〔フランス語で「ワインの染み」という表現〕は妊婦の欲求を表している。そんな考えが私に浮かんだのは、ピエール・ガスカールの本を読んでいた時だ。その中で見つけた次の一文が二日間、私にとりついて離れなかった。「両腕でからの酒樽をかかえていると、異様な印象を受ける。」

ネルヴァルの「シメール」から題名をとってきたこの本のもっと後の箇所を読んでいる時、私は再び頭をあげて、心に浮かんだことを書いてみることにした。それはガスカールが植物の接ぎ木について語っている箇所だった。

アルファベットの文字と同じくらい
規則正しい花々の確実さは

ムカデや蛸が手探りで行う思考と対立する。

花弁の幾何学模様は
獣が膝をついて獲物をしゃぶる音や
白日の下、逃げ出すもぐりの怪物たちと対立する。

*

今朝目を覚ましたとき、世界はカニのような形をしていると思った。
身はとても美味しいが、食べた後の殻には中身がない。六十年も経てば、足をしゃぶるくらいしか残されていない。

*

『ペンと窯』と題された料理時評の中でマクシム・ピエトリ〔料理評論家・ジャーナリスト〕が言うことを信じるなら、ヘスペリデスの園〔ギリシャ神話に登場する西の果てにあるニンフたちの住処〕の黄金のリンゴはマルメロの実だったようだ。マルメロの実は、果皮が硬く、煮込まなければ食べられない。

凡俗な人間世界を思わせるこの現実的な記述のあとで、神話の光が、なおも最後の微光を放ちながら輝きはじめる。蜂蜜によるコーティングを施すことで、煮詰めている間に、マルメロの実が金色を帯びていたのだ。

*

「御胎内の御子《フリュイ》（＝果実）」——これは「アヴェ・マリア」の一節で、思春期の若者たちにとっては、性生活を円滑に進めるための魔法の言葉となるかもしれない。この赤く血に染まった果実は空虚の代わり、すなわち、性行為そのものの不在の代わりとなる。この不在のまわりをキリスト教は天使、養父、妊娠した聖女とともにぐるぐる回り続けているのだ。しかし、「不在であるのに」それでもはっきりと現前している、最もありふれた現実を指し示すのが隠喩というのは奇妙である。

奇妙ではあるが、詩の読者はそうは思わない。

*

ドゴン族の国では、古くからある仮面は、写真でよく見るような何段にも重なった高い仮面とは少しも似ていない。もっとも古い仮面は赤色に染められた植物繊維で作られたもので、赤は少女の血を喚起するために用いられた。

最初の仮面は性器を隠すためのものだった。

*

おそらく後から話を作ったパウサニアスによれば、ギリシャの古代彫像は人にも物にも何にも似ていない大雑把に削られた木片だった。神々はまだ形を持っていなかったし、人間はまだモデルではなかったのだ。

では、偶像の重要性はどこから生まれたのか。偶像が関わる儀礼、偶像を聖なるものとみなす祭式から生まれたのだ。この祭式の最中で、像は現れたり、消えたり、ヴェールをかけられたりはぎ取られたりする。フランソワ・リッサラーグによれば持ち運べる偶像は、隠すことを目的としていたそうだ。

アフリカを思想史のなかに含むとすれば、同じことは大部分のアフリカの仮面についても言える。長らく無視されてきたアフリカ芸術がルーヴル美術館に入るのには百年もの時間を要した。しかし、精神生活に関して、アフリカはまだしかるべき地位を与えられていない。アフリカにおけるイメージの力、聖なるものの信仰、見えるものと見えないものとの関係などにきちんと目を向ければ、その地位が傑出したものであることは明らかなはずだ。しかし、私たちはそうした努力をする代わりに、こせこせとしたアプローチに取りつかれ、たいていの時間を目録作りや分類などで満足してしまい、魔術的なオブジェや祖先との関係をまともに評価するに値しない奇妙なものだと考えているのだ。

「外観の模倣による見えないものの現前化」——一九五二年にエコール・ド・ルーヴルで行われたこのジャン＝ピエール・ヴェルナンの講演のタイトルは、ギリシャだけでなく、ブラックアフリカにも妥当するだろう。

＊

西欧の仮面は、まずは宗教において、その後に演劇で用いられるようになり、裏切りの道具、祝祭のしるし、流行のアクセサリーになったのだが、同時に、人間心理にも踏み込むものだった。モラリストたちを熱狂させたのは偽善の仮面であり、自分の本当の顔を見せるためには、その仮面を脱がなくてはならなかった。

才気に富んだ、しかし自分の大胆さにやや恐縮してもいるある学芸員が、昨夏、レンヌの美術館で、お決まりの年代順に従ったものではなく、隠された類似性や数世紀もの時代を超えた比較にもとづくコレクション作品の展示を企画した。青色、空虚に対する意識、神話の情景や静物画で顕わになっているエロティックなモチーフなどがテーマとなっている——要するに、いくらか主観性に任された作品配置が行われたのだが、それによって作品を見る眼差しは刷新されることになった。それは、自宅でオブジェの場所や、壁にかけた絵の場所を変えることで物の見方が変わることと少し似ている。

結果として、喜ばしい驚きの連続で、「しりとり遊び」式の作品間の繋がりが得られた。類似した様式を息苦しいほど並べ立てるのではなく、好奇心を絶えず刺激し続けるような類似の連続で、一見すると無秩序に見えるせいで——だからまるで自分の家にいるように感じられたわけだが——心のなかで自由に旅することができた。

*

クレマンソー、ヒトラー、フロイト（シシィ〔オーストリア＝ハンガリー帝国の皇帝フランツ・ヨーゼフ一世の皇后〕とダヌンツィオも加えるべきだが）は、自室か仕事場の壁に同じ絵画をかけて眺めていた。それはベックリンの《死の島》だった。

　彼らはしかし同じ作品を見ていたのだろうか。まず言えるのは、ベックリンはこの魅力的な絵画を複数のヴァージョン描いていた（ヒトラーが所有していたのは三番目のものだ）。描かれているのは亡霊たちの住む島と静かな小舟で、見る者を過去と未来に同時に投げ出す。それから特に考えるべきは、先ほど挙げた異なる人々の間に共通するものは何かということだ。メランコリーの女とパラノイアの独裁者、権力を握った審美主義者と精神分析の発明者の間に共通するものは何か。時代だろうか。しかし、それだと年代順に関する偶然をあまりに重視しすぎることになるし、たまたま生まれた年に過剰な意味づけを与えることになる。では彼らの趣味が合っていたということか。しかし、彼らが見ていた絵は単に外観が同じであるにすぎない。目で見ているとしても、精神でもじっと眺めている。視覚器官はそれぞれの人間が心で何を感じているかについて、あの陰鬱で静かな情景においてどんな風に想像力が働くかについて、彼らがどんな幻想の犠牲になったかについて、さらには、彼らを自分自身の外へと連れ出すような瞑想について、何も教えてはくれない。

　彼らそれぞれの眼差しから夢想を検討すること、つまり、流砂のような発掘現場で精神の考古学を行うこと、その準備は整っている。ただし、フィクションを要するとはいえ、ヒトラーの薄暗くねじ曲がった脳味噌の迷宮にはあまり飛び込んでいきたいと思えないのだが。

＊

美徳を重んじる人々やナチュラル・ライフの信者が考えるべき主題。ヒトラーはベジタリアンだった。ヒトラーは酒を飲まず、タバコも吸わなかった。

＊

ベルヒテスガーデンでヒトラーが幸せそうに犬を撫でている姿は誰もがドキュメンタリーで見たことがあるのではないか。絵葉書のような景観の凡庸なその映像は、当時のヨーロッパの戦場や大量殺戮が行われていた強制収容所のことを思えば、耐え難く下劣である。だがそこに下劣さではなく、わずかばかりの人間味を見る者もいる。それでもなおそこにはある思いやりがあらわれているというわけだ。倒錯的な喜びとともに、大声では言えないものの、動物に関してよく見られる過剰な感情移入を認める者もいる。「犬たちのほうが人間なんかよりもずっといい！」という具合に。

そういうわけで、ミラン・クンデラはセリーヌに騙されたのだ。新著『出会い』の中で、彼はあのムードンの偽の隠者〔セリーヌ〕が自分の雌犬の死を哀れんでいる記述を引き合いに出す。この可哀想な雌犬は、故郷デンマークの森から遠く離れて暮らすことにすでに苦しんでいた（この犬のことをよく理解していた主人と同様、亡命生活を送っていた）が、癌におかされて立派な最期を迎えた。二度、三度小さな喘ぎ声を発しただけで、人間なら英雄のように気取って最後の言葉を残すという「虚飾〔tralala〕」を好むが、それもなく死んでいったのだ。

しかし、クンデラを興奮させたのは、まさにこの「虚飾」という言葉なのだ――「ああ、セリーヌのこの嘲り、そして、嘘偽りのない一見すると大衆的なこの言葉遣い」。今度はクンデラがセリーヌに感動する番だ。最後まで犠牲者のそばにいて、「一匹の牝犬の死の崇高な美しさ」を見ることのできるセリーヌに。

『出会い』の最後で、クンデラはひとりの女、ひとりの兄弟、ひとりの友人よりも自分の犬に心動かされた戦時下のマラパルテの話を引き合いにだしながら話を再開する。クンデラにとってこの感情はまったく正当化できるものであり、次のようなコメントが加えられることになる。「これだけの人間の苦しみの只中で、この犬の話はたんなるエピソード、ドラマの中間の幕間であるどころではない。〈歴史〉においてアメリカ軍のナポリ入城はほんの一瞬にすぎないが、太古の昔から動物たちは人間と生活を共にしている。」

ファシズムに対する勝利は、歴史の細部に過ぎないということだ。こんな嘆かわしい話を口にしているのは、独裁権力のかつての犠牲者である一人の知識人だ。彼は今やニヒリズムの、つまり残酷だが子供じみた考え方の犠牲者となっている。それは宿題をやっていないから事故でも起これぱいいのにと思う小学生の考え方であり、罪が消えるなら世界が破壊されてもいいと思っている犯罪者の考え方だ。

*

マフィアのナンバー二と言われ、三件の事件でそれぞれ終身刑を受けたドメニコ・ラクグリアは、その動物愛のため「獣医」という異名をもち、少なくともこれまで二つの殺人を犯している。一人目はマフィアの内情を密告した男の息子で十三歳の少年ジュゼッペ・ディ・マッテオだった。彼は二年間の監禁の後に殺され、死体は酸で溶かされた。もう一人は、別の密告者の父親で、家畜小屋で首を吊るされて見つかった（二〇〇九年十一月八日の『ル・モンド』紙による）。

*

あらゆる秘密結社と同じく、ナポリのマフィアにも掟がある。たいていの組織にある掟（女性の排除）もあれば、独自の掟（受け身役の男色の禁止）もある。ナポリのマフィアにはとりわけ組織への入団儀礼があり、それは秘密の共有、組織への服従、犠牲の承諾、振る舞い方やシンボルの一覧などを前提としている。だから、入団儀礼にナイフ、ピストル、毒入りのグラスがあっても驚くことはない。血の契約や、忠誠の証としての接吻もそうだ。

もっとも驚くべきは特別な隠語だ。マフィアのような組織はどこも秘密の言語をもっているのだが、フランシス・イアンニは『ファミリー・ビジネス』の中でその特別な隠語について語っている。さらに驚くべきは、同書で触れられている動物の鳴き声だ。それは儀礼の一部になっているらしい。その場面には困惑してしまう。それは犬の吠える声なのか、それとも鶏の鳴き声かロバの声なのか。あるいは狼のように群れて狩猟することや、罠にかかった人間を見捨てることを示す唸り声なのか。

いずれにしても、連帯するためには規模が大きくてあまりに多様な人間の共同体からも、つながりが弱すぎるために完璧に掟に従うことに誇りを感じられない共同体からも、彼らが距離をとっていることは間違いない。だから実在しない自然の掟に頼ることになる。それは、力こそ正義という掟であり、血のつながりであり、皆にわかるように明確に述べる必要すらない言語である。

＊

『エデンの園の言語』の著者オランデールは、ソシュールの言葉を引用しているが、それによれば、言語を話さない、あるいは話すのが下手な外国人は「吃音」を意味する言葉で呼ばれた。それは、ギリシャ人にとっての異国人《バルバロイ》に等しい。

〈吃音の異国人〉を、私なら数世紀の時間や大陸をもまたいであちこち出現する人物に仕立てるだろう。〈吃音の異国人〉はローマ軍にも、中国の城壁にも、いたるところに存在している。〈吃音の異国人〉は外国人傭兵であり、歩いて国境を越えたり船倉で密航する不法滞在者でもある。〈吃音の異国人〉は亡命者で、色々な都市の扉をこじ開けてきた。この人物はいまでも私たちの中に紛れ、静かに口達者な人間の言うことに耳を傾けているが、美辞麗句の甘い話には警戒している。

私の曽祖母と結婚した〈吃音の異国人〉は、名をローズ・ルクールといった。彼は死の床でも悪態をついたのだが、今から思えば、果たして彼は文字を読めたのだろうか。はじめてこの疑問が私のなかに浮かんだ。

*

よく思い浮かべるが、いつもすぐに消えてしまう夢想がある、それは言語を発明することだ。

話すためではなく（エスペラント語支持者のような素朴さを私は持ちあわせてはいない）、フィクションの快楽に身を委ねるためである（小説を書くことなどできないほどの素朴さを持って）。あらゆる発明家同様、私もまたブリコラージュを始める。双数はギリシャ語から、単数はブルトン語から、絶対未来はアルメニア語から借りてくる。本当の困難が生じるのは、歴史の偶然、方言の言葉遣い、不確かな語源などを想像しなくてはならない時だ。それに、あらゆるパーツを使って語を作り出し、それで文法の升目を埋めていかなくてはならないため、私はどっぷりと疲れてしまう。実在する言語を学んでいる時に分かるように、本当の障害は語彙であり、延々と続く命名こそが事物に現実性を持たせるのだ。自らを神だと思わなくてはならないが、滑稽なだけでなく、他にも多くの支障が生じるのでくたくたになる。

＊

私が勝手に思いついたのか、それとも何かのカタログで見たのか、まったく記憶にないが、あるアフリカの彫像のことを考えている。それは死んだ王の像で、奴隷は一晩中その王の手を握っていなくてはならなかった。こうした儀礼の力が今なお私を動揺させ続けている。

＊

ワガドゥグ〔ブルキナファソの首都〕の広場では、毎週金曜日の朝に、モロナバ（ここでは発音通りの綴りを使うが、この語はブルキナファソで国を統治する伝統的首長を意味する）が、隣の部族との戦いに参加するため盛装し、馬に乗って宮殿を出発する。隣の部族は彼の財産か妻を奪ったということだが、あまりに昔の出来事なので正確な記憶はない。

この儀式は、さまざまな伝説を想起させるもので、他の伝統的首長たちの前で行われる。彼らはそれぞれの地域から、ミニバイクやスクーター、がたつくプジョーなどでやって来る。プジョーは最近だんだんトヨタにとって代わられている。首長たち以外の観客はワガドゥグの住人といくらかの旅行客で、かなり距離を置いて見ている。旅行客には写真をとることは許されていない。

モロナバは軍の指揮官の衣装で国民の前に現れると（高官たちもその場で盛装に着替える）、宮殿に帰ってゆき、少し時間が経ってから、今度は戦争用の装備がされていない動物に乗って再び出発する。セレモニーは無言で行われるので声には出されないが、モロナバはさまざまな忠言や批判を聞き、その後、何が起こるか分からない戦争へと国民を駆り立てるのではなく、平和を約束することで彼らを守る賢者になるのだ。

三方向が木々で囲まれた広場（残りの一方向は宮殿の城壁だ）で見ていた群衆はその後、三々五々立ち去っていく。多くの旅行客はすこし悔しそうだ。衣装があるにもかかわらず、芝居を見ているわけではない。何も口に出して言われることはなく、すべてが沈黙の中で進行する。太古の儀礼に従っているのであって、それを思い出しさえすればよいのだ。演技をする必要はない。説明する必要もない。記憶が生きているからだ。

同様に、無名戦士の墓に再び炎を灯す時にも、一九一四―一八年の大戦について何も語られることはない。だから軍隊の劇団というのは、最悪の趣味ということになる。

*

またブルキナファソの話だが、この「高潔な人の国」〔現地の言葉で「ブルキナファソ」という国名の意味〕では、冗談関係〔一方が他方に対して侮辱的な冗談を儀礼的に言う関係〕はもっとも有効で面白い制度のひとつだ。それは二つの異なる民族間での、二つの村の住人間での、同族の人間間でのあらゆる罵倒や冗談を許容する。つまり何でも許されているのだが、それがほとんど暴力に近いものになると、知らずに見ている人は唖然としてしまう。そして、誰もが大声をあげながら仲直りしているのを見て驚くのだ。

＊

「本物の旅行というのはどれも実験心理学の概論のようなものだと考えられる。」

この定理のような文章（旅行は確かに身体を別の環境に、別の気候、別の気温に投げ入れることであり、異なる感覚を感じさせることであるので、その結果、精神も視点や気分を変えることになる）は、そう思われても無理はないが、現代人の手によるものではない。この文章を書いたのは、リンネの弟子の植物学者でアンデシュ・スパルマンというスウェーデン人だ。彼は十八世紀末に『喜望峰への旅、そしてクック船長との、特にホッテントット〔南アなどのコイコイ人に対する蔑称〕とカーフィル〔アラビア語で「不信心者」の意味。南アの黒人に対する蔑称〕の国を含む世界旅行』という本を出版している。この本は一七八七年にパリでル・トゥルヌールによるフランス語訳が刊行された。

＊

訂正。本物の旅行と実験心理学に関する例の文章は、スパルマン自身のものではなく、その翻訳者で序文も書いたル・トゥルヌールのものだった。彼はこの数年前に、シェイクスピアの戯曲もいくつかフランス語に翻訳している。

＊

南アフリカには、スパルマンが旅行した時にはすでにワイン畑があった。しかしコンスタンスワインとも呼ばれていたケープタウンのワインが、自国の食卓に並ぶことはまったくなかったと言ってよい。ヨーロッパで高く評価されていたからだ。赤ワインの生産農家もあれば、白ワインの生産農家もあったが、スパルマンによれば、最良のワインは「デザートワイン」で、リキュールが混ざったものだったようだ。ケープタウン周辺の地域には「ブルゴーニュワイン、マディラワイン、モーゼルワイン、ムスカワインなどがあり、同名のヨーロッパワインとの類似性から、あるいは持ち込まれた苗木のヨーロッパの原産地から名前がとられている」とスパルマンは明言している。しかし、注意深い博物学者であった彼は、良いブドウから悪いワインができることもあると述べており、そこから次のような結論が必然的に導き出された。「例えば、一定のクオリティのワインを作ろうとすれば、最良のブドウの実とともに、いくつかの条件や観察方法が不可欠となる。それを論理的に徹底して調査すれば、人類にとって大きな利点となるだろう。」

周知のように、経験主義から抜け出すためにはパスツールと発酵に関する彼の研究を待たなくてはならなかった。また、フランスが南アフリカワインを発見するにはさらに数十年の時間を要した。

*

「植民者たちは容赦しなかった。決して容赦しなかった。奴隷の数を増やすのに好都合だと思わない限り、ンボシ族の妊婦に対しても、乳飲み子に対しても。［……］ある植民者はンボシの男の姿を見るやすぐに発砲し、その男に向けて馬や犬を放ち、追いかけさせ、狼か他の獰猛な獣以上に激しく執拗にその惨めな未開人を追い立てた。」

スパルマンがこの堪え難い光景について語ったのは、彼の言葉を信じるなら一七七六年四月のことになるが、彼はいかなる注釈も残していない。彼は注意深く公平な観察者であり、彼にとって事実の正確さがあらゆる考察よりも勝っているのだ。だから彼は性急な結論を導き出さない。たとえ事実の報告それ自体が糾弾となるような場合でも。

同様の考えから、彼はビュフォンのことを非難している。ビュフォンが誤って理論化を急ぎすぎていると思ったからだ。「この自然史の大家は、〈自然〉をじっくり観想することに満足せず、時折、〈自然〉に普遍的な法則を課そうとしている。」ビュフォンは自分が見ていない動物のことも描写しており、リンネの弟子にとってはそこがビュフォンの弱点なのだ。

シャンポリオンとダーウィンはほとんど同時代人だった。二人の発見は一八三〇年頃に連続してなされた。シャンポリオンがエジプトで疲弊し、その後亡くなった時、ダーウィンはビーグル号に一年以上前から乗船していた。

一見すると互いを知らない者同士の二人の研究には共通点がないように見えるが、彼らのおかげで、人類の遠い過去に関する表現は一変した。というのも、人間の歴史を記述したのが聖書だけではないということが分かって以来、種の進化を新たな光のもとで考察できるようになったからだ。それ以来、私たちは巨大な過去、聖書とは別の無限に広がる時空間にもたれかかって生きているのであり、その時空間を、さまざまな仮説や骸骨、目に見えない切れ目、炭素十四法による年代測定で満たそうとしてきたのだ。

*　　　　　　　　　　*

変わらないのは、世界の終末が近づいているという私たちの恐怖だ。まるで時間の長さは変わらないのに、それを違う風に配分しているかのようだ。

母の事例から判断すれば、天気は高齢者にとってほとんど唯一つの関心事だといえる。もう外出ができなくなってからも、荒れた空模様、予報の当たり外れ、気温の変化だけが、以前の記憶を呼び起こし、近い未来に目を向けさせる出来事になっている。しかも、それらの出来事は、すでに自分が属さなくなりつつある世界を窓ガラス越しに眺めながら検討したり想像したりできるのだ。

さらに言えば、今では多くの人間にとって天気予報が星占いに取って代わったのだ。つまり不安定な天体図が、不動の星でできた黄道十二星座に取って代わったのだ。

*

喜望峰についての（そして植物採集だけをしていたわけではない南アフリカについての）本の中で、スパルマンは、ホッテントットの国では蘇生するために瀕死の人間を揺さぶると記述している。それだけでなく、ついには叩いたり罵倒したりもする。そして、それでもその人が亡くなってしまったら、この世界と故人を愛する人々の元から去ってしまったという理由で、故人に厳しい毒舌を浴びせるのだ。

本当に魂をもっているのか確かめるために現地人の皮を剥いでいた時代や、知性の程度を知るために頭蓋の大きさを測定していた時代を経験しなかったことは幸運だ。諸部族について隅々まで研究し、彼らにひとつの文化を認めてやるような時代も。

しかし、たとえそうした時代を生きていたとしても、私は整理ファイルに収められた厚紙のカードよりも、ばらばらのルーズリーフに書かれた詩のほうを好んだだろう。

*

二十世紀の民族学的な物語をすべて集めたら、あるいはそれらを続けて読み進めていけば、過去の世界のほとんど完璧な製図法を手に入れられるだろう。だが同時に、かつての〈自然〉の意志ではなく、神話が機能しているため、その神話を解読しようと欧米から来た白人知識人の肖像画も手に入れることになるだろう。

数々の偉大な発見の痕跡であり、植民地主義やそれが時折示す良心と同じ時期に生まれた民族学の言説は、現在では瀕死の者たちに対する祈りのようなものとしてある。それは、あちこちにメンバーは散らばっているが、諸民族と彼らの生活様式の滅亡に合わせてユニゾンで合唱する豪華な葬いの歌なのだ。

それはまた哲学者たちの冒険小説でもある。『悲しき熱帯』はその輝かしい証拠であり、このジャンルの傑作である。

*

一九六二年の『野生の思考』に先立ち、その序論の役割を果たした著書『今日のトーテミスム』の末尾で、レヴィ＝ストロースはルソーに言及し、隠喩が「言語をあとから飾り立てるものではなく、その根源的な叙法の一つ」であり、しかも「論証的思考の根本的な形式」だと考えた最初の人間だとみなしている。

ルソーが少し異なる表現で述べたことは、通常の時系列を逆転させている。「比喩的な言葉づかいは最初に生まれ、本来の意味は最後に見出された。事物は、人々がその真の姿でそれを見てから、初めて本当の名前で呼ばれた。人々はまず詩でしか話さなかった。理論的に話すことが考えられたのはかなり後のことである」(『言語起源論』)。

＊

未開社会の哲学者と詩人は、科学者と同時に生まれ、彼らに似ている。論理以前の思考、魔術的な思考、あるいは象徴的な思考が最初にあって、それが合理的で論証的な思考に変容していくというわけではない。思考は存在しないか、さもなくば完全な形で存在している。変貌と人間の活動のサイクルに巻き込まれ、多様にもつれ合った形で。

＊

ジャン＝ピエール・リシャールの新作の序論のおかげで、プルタルコスが語った話を知った。ナイチンゲール〔サヨナキドリ〕の真似ができる男がいるから聞きに行かないかと誘われたスパルタ人の話だ。このスパルタ人は「その本物を聞いたことがある」と応えた。少なくともわずかの間、人々は驚きで声がでなかった。言語作用が生み出すリアリティ、フィクションの魅力、象徴の力などまったく知らないと思しき男の意表をつく返答であり、奇妙な事例だ。芸術の威信など何も知ろうとは思わない自然の愛護者は、このスパルタ人の遠い子孫ということになる。

私はと言えば、中国語を少し勉強したり、ヒエログリフの初歩を身につけたり、バロック様式の奥深さと技巧を愛好したり、モルトフォンテーヌやコンブレーを再び訪れたりして、ナイチンゲールの鳴き声を模倣した。私は書くことで、ナイチンゲールの真似をしたのだ。ただし、詩を書いている時は違う。

詩を書いている時、私は歌そのものになっていた。

＊

「小旅行の後で、〈自然〉を数日間自宅に招き入れた。私の狂気はその時に始まったのだ。筆を手にして、アトリエという森の中でヘーゼルナッツを探した。そこで鳥たちの鳴き声と風に揺れる樹々の音を聞き、天と地の幾千もの姿を映す大小の川の流れを目にした。私の家の中では太陽が昇り、沈んだ」（コローのテオフィル・シルヴェストルへの打ち明け話。『存命芸術家たちの歴史』）。

＊

思想史における花の役割。それほど昔にまで遡ることはないが、それでも最低限、ノヴァーリス、ゲーテ、ルソー、レヴィ＝ストロースは挙げなくてはなるまい。民間信仰における花言葉、民俗学、伝説、花から生まれた神話などももちろん。『薔薇物語』から『悪の華』まで、植物標本から生け花まで、それらはすべて世界と和解するための方法であり、美学に基づく形と意味を世界に与える方法である。

＊

花は三本や五本でも売られているが、十本以上になると、偶数本で売られる。十九本や二十七本のバラを買うことはできないが、三ダース買うことはできる。

私たちにも独自の陰陽《おんみょう》があるのであって、花の生け方の知識が少しはあるのだ。

＊

ヴェルレーヌが『詩法』の中で称賛した奇数への好みは、彼の中では、未決定の好みと手を取り合っている。後者は彼の弱さというよりも、何一つ排除しないという意志である。それは犬と狼の中間で生きる意志であり、私の母方の祖母が猥褻な意味合いで使っていたように、「帆船と汽船で〔＝バイセクシャルで〕」生きるという意志である。もしこの祖母が、キャバレーから目深に帽子をかぶり、体をスイングさせながら出てくるヴェルレーヌの姿を見ていたなら、彼女は心底笑いながら、私にこう言っていたに違いない。「彼はシーソー・シューズ〔「上下ないし左右に揺れ続ける」という意味〕を履いていたわ。」

祖母はアブサン酒〔一九一五年に向精神作用のため製造禁止となり、代替品としてパスティスが製造された。八〇年代から製造が復活〕を思い出して、砂糖入りのパスティスを飲んでいた。

*

まったく読み書きができなかった母方の祖母のおかげで、私はシャンポリオンについての本を書くことができた。もっとも洗練された知と極端な無知はいずれも、世界と私たちのあいだに一種のスクリーンをうちたてる記号に対して同じように魅了される。

その証拠に、痛風を患い、痛みのある足を横たえて、自分では本も読めないので『最後のモヒカン族』を声に出して読んでもらったシャンポリオンの姿は、ある別の光景をそっくり再現している。それがあまりに馴染みのある光景だったため、私はすぐには思い出せなかった。危険な転倒をしたために足が動かなくなった私の祖母は、声に出して手紙を読んでもらっていたのだ。

森の中を走り、夜遅くに眠り、タバコだって吸える。母方の祖母の家で私は自由を味わった。彼女の夫はきこりだったので、なおさら自由を味わえた。彼らのおかげで、森のおかげで、私は一種の通過儀礼《イニシエーション》を経験したが、相変わらずそれは性的なことに関係するものだった。そもそも私の祖母は見せかけの羞恥心など持たず、ほとんど何も身につけないで家の中をうろうろしていたし、私の体のことについて強烈な言葉遣いで私に尋ねたものだった。私が覚えているのは、祖母が「ガチョウと一緒に皮を剥いたか」と訊いてきたことだ。それから、この質問の意味がわかるかどうかも尋ねてきた。それは思春期の象徴である体毛が生えてくることに関わるが、この表現の由来は相変わらず謎のままである〔「性器に毛が生えたか」という意味だがマセの祖母だけが使う表現らしい〕。

＊

初めてアッシリア学の研究者に出会った夕食の際、彼が話してくれたのは、三歳の時に両親から仰々しく「丸球をしたい〔「ウンチをしたい」という意味〕と思ったら、先に言ってね」と注意されたということだ。出身地のアルザスにおいてですら、彼がこの表現を再び耳にすることはなかったという。どういう意味か不明だったが、それでもこの表現については色々と思いを巡らせた。この思い出のせいで、彼はその後ずっと続く言語に対する関心を、そして後に、楔形文字に対する関心を抱くことになった。それから彼は文字の起源にまで遡り、それに対する新しいアプローチを提案した。

その後、私たちは次のような意見の一致をみた。はじまりの場面というのはどれも選ばれたものでしかなく、その限りにおいて、その場面が物事の原因にされてしまうのだ。もう一つ別の結論。言葉が何かを指示するだけでよいなら、詩など存在しない。

*

一九七四年に刊行された『子供たちの猥褻な民間伝承』の中で、クロード・ゲニュベは十二歳のインフォーマント〔言語学や人類学における「情報提供者」〕に次のような物語を語らせた。

「昔、一人の男と一人の女がいて、彼らは悲惨な状況にありました。そしてひとりの司祭がいて、その司祭は髪を短く刈り込んでいました。髪を短く刈り込んでいる人はみな司祭だったのです。この司祭は男を助け、家を、つまりすべてを与えたのです……それから二年後、その女と男は一羽の鸚鵡を買い、その後、もう一羽買ったのですが、彼らはどちらがメスか見分けがつきませんでした。すると、そんなことは簡単で、メスの上に乗るのがオスだから、見分けがつくようにオスの羽を短く刈り込めばよいのだと言われました。それから司祭がやってきて（彼らは司祭を招待したのです）、鸚鵡が司祭に言ったのです。『おや、お前もヤッてるところを見つかったんだな！』」

クロード・ゲニュベはそこで、頭を短く刈った司祭つまり修道士の好色が、ボッカッチョやラ・フォンテーヌの着想源だった民話の中によくあらわれるモチーフだということを改めて指摘している。ゲニュベは続ける。フランスの田舎では、罰のためか衛生的配慮のために散髪して髪が短くなった子供は長い期間「坊主頭に対する罵声」を浴び、その間、「ベスキュ〔Bescu〕」と呼ばれていた。「ベス〔Bes〕」は「ビス〔bis：「第二の」という意味〕」に相当する語なので、小石のようなツルツル頭をした子供たちは、二つの「尻《キュ》」を持っていたことになる。

*

民衆的なものであれ学術的なものであれ、これらの材料があれば、ドイツ人と関係をもった嫌疑をかけられ占領解放時に「坊主頭にされた女たち」に新たな光を当てることができる。

私たちは二つの身体を持っている。カントロヴィッチが言う王の二つの身体ではない。私たちには不死という至高の特権はないからだ。私たちが持っているのは柔らかい身体、体液、血、精液が詰まった包みや鞄のような身体だ。そのような身体は、生命が流れ出てしまわないよう開口部を塞ごうと苦心しているのであり、開かれたり貫かれたりすることを恐れる身体でもある。それから、私たちは分節化された身体を持っている。歩いたり走ったり跳んだりできるような関節があり、そのためにポキポキ鳴ったり軋んだりする身体だ。だがそれは、折れてしまうから転倒することを恐れる身体でもある。この身体が恐ろしい骸骨や生の虚しさ《ヴァニタス》のイメージを数多く生み出してきたのであり、芸術はそうしたイメージを渇望したのだ。

*

同じように文学にも二つの本質的な語り口がある。一方には長大な詩や物語を包む声があり、他方にはモラリストたちの痛烈なアイロニーがあり、彼らはしばしば息切れしている。語り口に比べ、構成が限りなく多様であるのは、別の材料を利用するからだ。

二〇〇二年に刊行された『関節的身体の論理』の中で、ギユメット・ボランスは『ベーオウルフ』がリボン状の構成をしていて、始まりも終わりもないにもかかわらず極めて整合的であると述べている。この本の末尾で、彼女は『ユリシーズ』を中世絵画の組合せ模様と比較した。まったくもって納得させられたが、それでも相変わらず私はジョイスの本を読むことができない。

宝石付き指輪〔＝バンド〕、ブローチ〔＝鋼線〕、首飾り〔＝首の結束バンド〕、指輪〔＝ラップバンド〕。装飾品と身体修復のための語彙は同じである。まったく論理的なことだ。整形外科と金銀細工は同じ職人的技巧に属するものなのだから。

＊

ある新聞記事によれば、スペインで五万年前の貝殻が見つかった。その中には、穴を開けられペンダントとして使われていたであろうものもあれば、色がついていたので、色を混ぜ合わせる道具として使われていたであろうものもある。この記事の記者はそこから、ネアンデルタール人は一般に考えられているほど野蛮ではない獣だと結んだ。

嘆かわしいと同時に啓発的な考察だ。この記事が明らかにしているのは、現在ではあえて表明されることもなくなった太古の人類への、私たちの祖先とみなされている存在への疑念が堂々と明言されている点にある。だがもしネアンデルタール人を人類とみなすなら、装飾品や歌への嗜好、現在の我々とおなじような滑稽な信仰、血縁関係や社会組織、さらには周囲の世界との複雑な関係を彼らにも認めてやらなくてはならない。

ラスコー、アルタミラ、その他多くの証拠は一見すると何の役にも立たなかったようだが、時間的にも空間的にも、四分の三人間や半人間などは存在しない、という考えに馴染まなくてはならない。

*

私は空想上の国民と一週間を過ごした。彼らと共にいることで、身体の急激な変容を、その苦しみや不快感を克服することができた。

彼らの文化においてまず私を魅了したのは、蝶に対する崇拝、永遠と儚さの戯れ、変貌への好み、そして、消えゆく美や風の緩急に対する好みである。風の緩急をものともせず、鱗翅類はふらふらと、だが頑なに飛び続ける。だが、もっとも頭の硬い西欧人でもこうしたことは考えつくのだから、もっと風変わりなものが必要となる。

人々は狩猟に出るが、それはありきたりの典型的なゴクラクトリバネアゲハを捕まえるためではなく、もっとずっと希少なものを、自然からは逸脱したもの、同種のものとは異なる誤差のために聖性を帯びているものを、よくある黒い縞模様ではなく翅脈の見える羽が生えたものを探すのだ。大部分の儀礼や信仰はこの奇妙な蝶への崇拝に結びついている。この崇拝のため血なまぐさい供儀は執行を控えることになるか、あるいは完全に蝶への崇拝にとってかわられる。

ありきたりの黒い縞模様は、昼と夜の交代や、月の満ち欠け、死を経ての生の更新などに結びついているが、変則的な翅脈は、魂の不規則な飛翔にも似た運命の軌跡を描くことで、普遍的な法則から逸脱しているように思える。同時にまた、その翅脈は私たちが認めることのできる唯一の良き意志、すなわち神の意志を称えている。

起源に関する物語も、万物は循環するという信仰を逃れられない。この物語は一年に二度、一度は物語の初めから、もう一度は物語の終わりから語られる。しかしこの物語は七年に一度、初めと終わりから、二つのグループによって同時に歌われる。この二つのグループは、物語の中心にあるエピソードを同時に語らなくてはならない。そのエピソードは、二人の子供が野生動物を頭と足を互い違いに並べて寝かせて見下ろしているというものだ。

死者は目の見えない毛虫に似ている。変態を経ることで視覚が授けられるのだ。埋葬前の死者の顔を見れば、最後に近親者の姿を見られるように、両目を開いているのが分かる。

*

想像力の網で私が捕まえられるのは簡単すぎる獲物で、彼らはあまりに規則正しい世界の中で、あまりに一様な光のもとで見せかけの人生を送っている。彼らは名を持たないため、完全には存在する権利を持っていないかのように、さなぎの状態にされている。私の父の家族の物語〔マセの父方の祖父、つまり彼の父親の父親は誰か不明であることを踏まえている〕が原因だろうか。父の話は小説ではなく本当の話だ。私にとって名前は保証されていなくてはならない。家族姓は現実に存在する者の名なのだ。

*

アイロニーがなければ、どれほど簡単に造物主《デミウルゴス》とみなされることだろう。
怠惰でなければ、どれほど簡単に拙い小説を書けることだろう。

*

数日前に、アンリ・ミショーが所有していた本を入手した。彼の他の本と同じく乱雑に扱われていたようで表紙すらない。もっとも驚いたのは本のタイトルで、『ラオス王国の威信』はミショー自身のタイトルであってもおかしくない。同様に、「プーニュー、ニャーニュー」という創造物にも驚かされた。「プーニュー、ニャーニュー」の仮面は実在しており、大きく開いた口から見える歯は巨大な鍵盤のように大きい。
この伝説は口承の伝統から生まれたもので、民間信仰に成り下がった神話である。

「三人の友が高原地方を旅していた。ある晩、彼らは道に迷い、森の奥深くに入り込んで夜の闇に捉えられた。三人は恐れた、恐れ慄いた。

眠ってしまえば、獣に食われたり、追い剥ぎに襲われたりする危険があった。姿が最も見えにくくなるので二人に挟まれて横になりたいと三人ともが譲らなかったため、長い時間、口論になった。とうとう一人が解決策を見つけた。

『足を一点に集めるようにして、星形になって寝よう』と彼は言った。

彼らはそうした。真夜中、一頭の象が近づいてきた。象は仰天して、猿のもとに駆け寄ってこう言った。

『すごい生き物を見たんだ。そいつには頭が三つばらばらにあって、足が体の真ん中に集まってるんだ。』

猿は確かめたくなった。象が猿を三人の旅人のところに連れていった。猿は生きた星を前に激しい恐怖に襲われ、叫びながら全速力で逃げていった。

『助けてくれ！　あれは悪魔だ、俺たち喰われちまうよ！』

すべての野生動物が狂ったように、全速力でこの三人から離れ、猿と同じ方向に突っ走っていった。こうして三人はとても穏やかな夜を過ごしたのだった……」

これがミショーの作品であるためには何が欠けているのだろうか。おそらく、もう少し無作法であるか、意地悪である必要があるだろう。どこかに辛辣な批判か、詩的で的を得た悪態があればよかったのだ。だが、本が二、三度、ひとりでにこのページで開いたことがあるので、私はミショーがこの話を読んでいたのだと思って嬉しくなる。

〔本の〕精霊を信頼しすぎているのだろうか。おそらく。しかし精霊を栞《しおり》にすることは、精霊を讃えるのに悪いやり方ではない。精霊が折り目に宿ることは誰でも知っている……

＊

全体像というのはどれも正当であると同時に偽りでもある。対象を検討するだけでなく、入念に作り上げてしまうからだ。

現在私たちが知っているタントラ教が、問いを隈なく検討するようなアプローチであると同時に教理の総体を表すならば、それは西欧の産物である。アンドレ・パドゥは著書『タントラ教を理解する』の中でそのことを喚起しているが、さらに彼は、東洋の哲学者にとって未知のタントラ教が、インドにまで波及しているとも述べている。

同様に、ドゴン族はマルセル・グリオールが再発明した宇宙創生論を自分たちのものにしたのだが、彼らのなかの誰一人として、グリオール以前に、そのような形で宇宙創生論を聞いた人間はいなかった。

あらゆる方向での交流と相互影響が二、三世紀続いたのち、現代世界は画一的になってしまったと人は嘆くが、かつての世界が今よりも多様だったわけではない。石器時代ですら、あちこちで似たり寄ったりの研磨された斧と削られた火打ち石があるだけで、単調な時代だったのだ。ただし、先史時代にすでに存在していたような微妙なニュアンスを愛する者、細部に対するマニア、審美家や凝り性にとっては違う。そのことはほとんど疑いようもない。

＊

ドゴン族の国では「お土産〔思い出〕」として、どう使ってよいか分からないような冴えない彫像が売られている。だが、売り子には考えがあって、専門家のような自信をもって、まるで私たちのライフスタイルがまったく自分と変わりないかのように、「本棚に置くためのものですよ」と言うのだ。

＊

＊

タントラ教について、アンドレ・パドゥは以前『言葉のエネルギー』の中で取り組んださまざまな観念を再び用いている。種子としての言葉、内なる言葉、展開された言葉は私たちの中で世界が順番に顕現していく諸段階であり、意識の次元、心象《ヴィジョン》の次元、そして論理的思考の次元という三つの異なる次元である。

「人間存在において、意識の根元にある原材料から、どのようにして思考が少しずつ心象《ヴィジョン》として、それから口にする表現として形をなしてくるのかが分かる（観念としてではない。インドでは観念によって思考するとは決して考えない）。それは明確な言葉や思考へと、段階的に実現される内的運動なのだ。明確な言葉や思考とともに、言語（諸言語）と事物に対する知覚が、すなわち、はっきりした自己意識、世界の把握、世界に対する現前が生まれる。それはまた、言葉と物の関係がどのように打ち立てられるかの説明でもある。つまり、どのようにして認識全般が獲得されるのか、記憶が何に基づいて、どのように機能しているのかの説明にもなっているのだ。」

＊

何世代にもわたって小学生が、まずはAから順番に、その後Zから逆向きにアルファベットを暗唱してきた。私たちにとってアルファベットは一種のマントラであり、要覧であり、自然な形を装い適切な場所に結び目がある細紐だ。

だがアルファベットは、単に慣習と歴史によってその恣意性を正当化されたという理由だけで、想像上の律法の石板に刻み込まれたランダムな文字列なのだ。

アンドレ・パドゥはサンスクリットが文字を無秩序に配列しない（まず厳密な音声学的順序に従った十六の母音があり、それから調音点に従って子音が列挙される）ことを喚起した後、小さな文字で書かれた注の最後に、おそらく読者を驚きで黙らせるために次のように記している。「パーニニ〔紀元前四世紀頃のインドの文法学者〕の文法は、我々の文化では二十世紀になってようやく現れた学術的な言語記述を、二千五百年前にすでに行なっていた。」

*

想像の産物がもつ力強さとしなやかさを愛するあまり、ただ一つの神話だけで満足することなどできない。ましてや、ひとりの神だけでは。

神々に関心があるのは、人間について教えてくれるからだ。ほとんどの場合、「人文科学」と呼ばれるものよりもずっと良く。

もし私が神を信じるならば、いくらか私のおかげで神は存在していることになるだろう。だが、そこまでのうぬぼれ屋ではない。

*

「これらの断片を集めて何を作るつもりですか。」親切心から、ある友人がそう私に尋ねた。隠れ家ではない仮の小屋を建てるのだ。忘却を通して日の光が入ってくるような一時的な小屋を、そこにいると自分が幸せであるような成り行きまかせの漂流する家を。

建設材料は思い出と引用だ。時には一握りの雪や、藁くずと灰、羽毛と糊も使う。

私は大文字で身を飾った父や恐怖《テロル》を撒く神々、フロベールの言う天使のように、文学において立派な振る舞いをする王たちに逆らって書いているのだ。

私はしばしば、もう書くことをやめ、何事にも無関心で、動揺することも苦しむこともなく生活することを夢見た。このユートピアは長続きしなかった。というのも、夢見るような状態に至るためには書く必要があるからだ。

中毒というのはそういうものだ。

＊

一九四〇年のオーウェル。

「作家というものは、溶けていく氷山の上に座っているのだ。彼は単なる時代錯誤的な存在であり、ブルジョワ時代の遺物であり、カバのように確実に滅びる運命にあるのだ。」

その通りだ、しかしカバは菜食動物の中でもっとも危険な動物だ。自分の領域《テリトリー》が脅かされていると感じたら、相手を殺すことすらある。

＊

＊

私の領土《テリトリー》はひとつの迷宮だ、気づかないままそこに入り込んでしまった。
それは人生そのもの。愛しすぎるあまり、悲しみなしには抜け出すことなどできない。

以下、主に本文中の引用のために参照した邦訳文献をあげておく。多くの場合、ここに挙げた既訳をそのまま使わせていただいたが、マセのフランス語原文を最大限尊重しつつ、文脈に合わせて適宜変更を加えたものもある。


『旧約聖書』、中沢洽樹訳、中公クラシックス、二〇〇四年。

ピーター・アクロイド『シェイクスピア伝』、河合祥一郎／酒井もえ訳、白水社、二〇〇八年。

バルザック『十三人組物語』、西川祐子訳、藤原書店、二〇〇二年。

ロラン・バルト『現代社会の神話』、下澤和義訳、みすず書房、二〇〇五年。

シャルル・ボードレール『ボードレール全詩集Ⅰ』、阿部良雄訳、ちくま文庫、一九九八年。

——『ボードレール全詩集Ⅱ』、阿部良雄訳、ちくま文庫、一九九八年。

——『ボードレール批評2』、阿部良雄訳、ちくま文庫、一九九九年。

——『ボードレール批評4』、阿部良雄訳、ちくま文庫、一九九九年。

ニコラ・ブーヴィエ『ブーヴィエの世界』、高橋啓訳、みすず書房、二〇〇七年。

ジョルジュ・カンギレム『正常と病理』、滝沢武久訳、法政大学出版局、一九八七年。

ルイス・キャロル『不思議の国のアリス』、河合祥一郎訳、角川文庫、二〇一〇年。

ティフェーニュ・ド・ラ・ロシュ『ジファンティー』、『バジリアッドまたは浮き島の難破・ジファンティー』所収、田中義広訳、岩波書店、一九九七年。

エッカーマン『ゲーテとの対話（中）』、山下肇訳、岩波文庫、一九六八年。

ギュスターヴ・フローベール『ボヴァリー夫人』、山田𣝣訳、河出文庫、二〇〇九年。

ミシェル・フーコー「ビンスワンガー『夢と実存』への序論」、『ミシェル・フーコー コレクションI』所収、石田英敬訳、ちくま学芸文庫、二〇〇六年。

ピエール・ガスカール『シメール』、篠田浩一郎訳、筑摩書房、一九七〇年。

アンドレ・ジッド『コンゴ紀行（続）』、杉捷夫訳、岩波文庫、一九三九年。

フィンセント・ファン・ゴッホ『ファン・ゴッホ書簡全集6』、二見史郎訳、みすず書房、一九八八年。

ヘンリー・ジェイムズ「私的生活」、『ヘンリー・ジェイムズ短編集』所収、大津栄一郎、岩波文庫、一九八五年。

ミラン・クンデラ『出会い』、西永良成訳、河出書房新社、二〇一二年。

ラ・フォンテーヌ『寓話（下）』、今野一雄訳、岩波文庫、一九七二年。

エマニュエル・ル＝ロワ＝ラデュリ『気候の歴史』、稲垣文雄訳、藤原書店、二〇〇〇年。

クロード・レヴィ＝ストロース『今日のトーテミスム』、仲沢紀雄訳、みすず書房、一九七〇年。

――「《オランピア》に関するノート」、渡辺公三訳、『思想』、二〇〇八年一二月号、岩波書店。

アンリ・ミショー「深淵による認識」、小海永二訳、『アンリ・ミショー全集Ⅳ』所収、一九八七年、青土社。

モンテーニュ『モンテーニュ　旅日記』、関根秀雄／斎藤広信訳、白水社、一九九二年。

――『エセー1』、宮下志朗訳、白水社、二〇〇五年。

ウラジミール・ナボコフ『ナボコフの文学講義（上）』、野島秀勝訳、河出書房新社、二〇一三年。

ジョージ・オーウェル『鯨の腹のなかで――オーウェル評論集3』、川端康雄編訳、平凡社ライブラリー、一九九五年。

プルタルコス『英雄伝1』、柳沼重剛訳、京都大学学術出版会、二〇〇七年。

エドガー・アラン・ポオ「覚書（マルジナリア）」『ポオ全集 第3巻』、吉田健一訳、東京創元社、一九七〇年。

フランシス・ポンジュ「牡蠣」、『百年のフランス詩 ボードレールからシュルレアリスムまで』、山田兼士訳、澪標、二〇〇九年。

アルチュール・ランボー『ランボー全詩集』、宇佐美斉訳、ちくま文庫、一九九六年。

ジャン＝ジャック・ルソー『告白』、『ルソー全集1』、小林善彦訳、白水社、一九七九年。

——『言語起源論』、増田真訳、岩波文庫、二〇一六年。

マーシャル・サーリンズ『石器時代の経済学』、山内昶訳、法政大学出版局、一九八四年。

ルートヴィヒ・ヴィトゲンシュタイン『反哲学的断章——文化と価値』、丘沢静也訳、青土社、一九九九年。


（訳者）

あ行

か行

さ行

た行

な行

は行

ま行

や行

ら行

わ行

訳者あとがき

本書は Gérad Macé, *Pensées Simples*, Gallimard, 2011 の翻訳である。
直訳すれば、「シンプルな思索《パンセ》」とでもなる本書のタイトルを大胆にも「つれづれ草」としてはどうだろうとメールで提案してくださったのは他ならぬ第二巻『帝国の地図』の訳者の千葉文夫さんだった。マセ自身敬愛し、著作の中で幾度も言及してきたこの日本の古典作品のフランス語訳は *Les heures oisives*（『無為の時間』）なのだが、「つれづれ」という言葉に「ありふれたさま」、「普通」、「ひっそりと閑散なさま」、「じっと思いをこらすさま」という意味があり、そこに simple という語との共鳴を聞きとった千葉さんの提案に、私もマセも感銘を受けた。「徒然草」ではなく「つれづれ草」とひらがなに開くことによって――千葉さんはリチャード・フラナガンの『奥のほそ道』を引き合いに出していた――両者の混同を避けられるだけでなく、連続性を保ちながら「つらつら」と文章が続いていくさまがより明らかになるとも思われた。何より、ひらがなのほうが「シンプルな」印象が持てる。

フランス語では第三巻まで刊行されている本シリーズだが（マセ自身は第三巻をもって完結ということにしたいらしい）、そもそも「シンプルな思索」はどのような意図で書かれたものなのか。二〇一八年にフランスで刊行された論文集『ジェラール・マセの世界』に収められたマセ自身の解説をここに訳出しておく。


私は長い間、もっともシンプルな、目につかないほどシンプルな形式を、そしてまた、できる限り多様な主題についての考察を、無秩序になることなく混在させることができる形式を探し求めていた。刊行された三巻は微妙な連関、反響、連想、アナロジーによって展開された書物である。私には、思索《パンセ》がまさに行われているかのように感じられる。心のなかの独り言や、会話さえ、そのように進行するのではないだろうか。支離滅裂に飛躍することはないが、前もって考えられた論理に従うわけでもない。

何人か著名な先達を挙げよといわれれば、間違いなく「跳ね回る」モンテーニュ、その思索《パンセ》が死後出版され（文章の順序は不明のまま）、素晴らしいがほとんど知られていないジュベール、そしてレオパルディとその浩瀚な著作『ジバルドーネ』だろう。『ジバルドーネ』はタイトルが示している通り、知識の雑多な寄せ集めだ。目的地よりも道筋を大事にする著作は、論証することに、ましてや結論を出すことに焦らない作者によって書かれているのだ。

本書を一読してお気づきになった読者もいると思うが、マセはたいていの場合、記憶で書いているので、引用や人名や年代などについて、また単なる事実に関しても間違った記述がある。訳者のほうで確認できた場合は、訳注で指摘しておいたが、それにも限界があるだろう。「論証」や「結論」を目指すことなく、「思索がまさに行われているかのように」書かれた本書のひとつの魅力だと考えていただきたい。

著者であるジェラール・マセについては少し前に刊行された拙訳『記憶は闇の中での狩りを好む』に寄せた解題（「記憶の作家ジェラール・マセ」）や、本シリーズ第二巻の邦訳に収められた千葉文夫さんの文章をご覧になっていただければ幸甚である。文学や歴史はもちろん、人文諸科学について、また複数の言語について、博覧強記ともいえる知識をもちながら、それを理論の構築や論証のためにではなく、小さな宝石のように彫琢し、そこから見事な装飾品を仕立てるマセの文章の輝きが、翻訳によって損なわれていないことを願うばかりである。

最後に謝辞を。まずはセルジー・ポントワーズ大学のクロード・コストさん。パリのご自宅で夕食をご馳走になった時にマセの話題になり、「ついでに」と言う感じで、後日たくさんの質問に答えてくれた。コストさんはマセをめぐる二〇一七年の国際シンポジウムにも招待してくださった。併せてここで感謝を述べたい。それから、いつもフランス語の質問に答えてくれる同僚のパトリック・ドゥヴォスさん。どんなに忙しい時でも、あらゆる質問に笑顔で答えてくれるパトリックさんには本当に感謝しているが、一度質問すると「微妙な連関、反響、連想、アナロジーによって」話は質問からどんどんと脱線していき、なるほど「思索《パンセ》」というのはこうして展開されていくのだなと、身をもって経験させていただいた。そんなパトリックさんの名が本シリーズ第三巻に一度だけ登場することは、まだご本人には伝えていない。

二〇一九年九月二十六日　パリにて

桑田光平

著者／訳者について——

ジェラール・マセ（Gérard Macé）　一九四六年、パリに生まれる。詩人、写真家。主な著書に、*Le Jardin des langues*, Gallimard, 1974, *Le Manteau de Fortuny*, Gallimard, 1987, *Le Dernier des Egyptiens*, Gallimard, 1988（『最後のエジプト人』白水社、一九九五）, *La mémoire aime chasser dans le noir*, Gallimard, 1993（『記憶は闇の中での狩りを好む』水声社、二〇一九）, *Choses rapportées du Japon*, Fata Morgana, 1993, *Filles de la mémoire*, Gallimard, 2007, *La Carte de l'empire, Pensées simples II*, Gallimard, 2014, *Des livres mouillés par la mer, Pensées simples III*, Gallimard, 2016 などがある。

＊

桑田光平（くわだこうへい）　一九七四年、広島県府中市に生まれる。東京大学大学院博士課程満期退学。パリ第四大学文学博士。専攻、フランス文学・芸術論。現在、東京大学大学院総合文化研究科准教授。主な著書に、『ロラン・バルト　偶発事へのまなざし』（水声社、二〇一一）、『写真と文学』（共著、平凡社、二〇一三）、『世界の八大文学賞受賞作から読み解く現代小説の今』（共著、立東舎、二〇一六）、*Réceptions de la culture japonaise en France depuis 1945*（collectif, Honoré Champion, 2016）、主な訳書に、パスカル・キニャール『さまよえる影たち』（共訳、水声社、二〇一七）などがある。

装幀——宗利淳一

つれづれ草

二〇一九年一二月二〇日第一版第一刷印刷　二〇一九年一二月三〇日第一版第一刷発行

著者――ジェラール・マセ
訳者――桑田光平
発行者――鈴木宏
発行所――株式会社水声社
東京都文京区小石川二―七―五　郵便番号一一二―〇〇〇二
電話〇三―三八一八―六〇四〇　ＦＡＸ〇三―三八一八―二四三七
［**編集部**］横浜市港北区新吉田東一―七七―一七　郵便番号二二三―〇〇五八
電話〇四五―七一七―五三五六　ＦＡＸ〇四五―七一七―五三五七
郵便振替〇〇一八〇―四―六五四一〇〇
URL : http://www.suiseisha.net
印刷・製本――ディグ

ISBN978-4-8010-0368-2

批評の小径
sentier de la critique

ロラン・バルト　最後の風景　ジャン＝ピエール・リシャール　二〇〇〇円
フローベールにおけるフォルムの創造　ジャン＝ピエール・リシャール　三〇〇〇円
日本のうしろ姿　クリスチャン・ドゥメ　二〇〇〇円
マラルメ　セイレーンの政治学　ジャック・ランシエール　二五〇〇円
夢かもしれない娯楽の技術　ボリス・ヴィアン　二八〇〇円
オペラティック　ミシェル・レリス　三〇〇〇円
みどりの国　滞在日記　エリック・ファーユ　二五〇〇円
記憶は闇の中での狩りを好む　ジェラール・マセ　二〇〇〇円
つれづれ草　ジェラール・マセ　二八〇〇円
帝国の地図　つれづれ草II　ジェラール・マセ　二〇〇〇円
氷山へ　J・M・G・ル・クレジオ　二〇〇〇円
ポストメディア人類学に向けて　P・レヴィ　四〇〇〇円
ラマンタンの入江　エドゥアール・グリッサン　二八〇〇円

［価格税別］